Luna de miel en Hawái
Andrea Laurence

Editado por Harlequin Ibérica.
Una división de HarperCollins Ibérica, S.A.
Núñez de Balboa, 56
28001 Madrid

I.S.B.N.: 978-84-9170-134-7
Depósito legal: M-28127-2017
Impresión en CPI (Barcelona)
Fecha impresion para Argentina: 5.6.18
Distribuidor exclusivo para España: LOGISTA
Distribuidores para México: CODIPLYRSA y Despacho Flores
Distribuidores para Argentina: Interior, DGP, S.A. Alvarado 2118.
Cap. Fed./Buenos Aires y Gran Buenos Aires, VACCARO HNOS.

Capítulo Uno

Hora del espectáculo.

El rítmico sonido de los tambores resonaba en la distancia. Al instante, un foco y después otro iluminaron el centro del jardín. Entre vítores y aplausos, la compañía de baile del Mau Loa Maui salió al escenario.

Kalani Bishop vio el comienzo del espectáculo desde un rincón oscuro del jardín. Cientos de huéspedes del hotel estaban fascinados, al igual que Kal, por los hermosos movimientos de los bailarines de danza tradicional hawaiana. No le cabía ninguna duda de que tenía a los mejores bailarines de toda la isla de Maui. No podía permitirse nada menos en su hotel.

El Mau Loa Maui había sido idea de Kal y de su hermano pequeño, Mano. El hotel de su familia, el Mau Loa original, estaba ubicado en la playa de Waikiki en Oahu. Desde pequeños habían soñado no solo con ocupar la zona de Oahu algún día, sino con expandir la cadena de hoteles a otras islas y la playa de Ka'anapali en Maui había sido la primera elegida. Kal se había enamorado de la isla en cuanto había llegado. Era distinta a Oahu, con una belleza exuberante y serena. Incluso las mujeres eran más sensuales, en su opinión, como frutas maduras esperando a que las recolectara.

Era, sin duda, el hotel más bonito de la isla, y la cara de sus abuelos cuando lo vieron por primera vez fue prueba suficiente de que aprobaban su trabajo. Desde luego, los turistas lo hacían. Desde que habían abierto, habían estado al completo y tenían reservas con un año de antelación.

Convertían en realidad las fantasías vacacionales y parte de esa fantasía hawaiana incluía asistir a un auténtico *luau* con las danzas que se veían en las películas. En el Mau Loa Maui, el *luau* se celebraba tres noches a la semana e incluía una cena compuesta por cerdo *kalua, poi,* piña fresca, arroz de mango y otros platos hawaianos tradicionales.

Kal había trabajado mucho para crear la atmósfera perfecta para su hotel. Unas antorchas situadas alrededor del amplio jardín iluminaban la zona, ahora que el sol se había puesto tras el mar. El fuego proyectaba sombras que titilaban por los rostros de los bailarines y los músicos que golpeaban los tambores y cantaban.

Una de las bailarinas tomó el escenario. Kal sonrió mientras su mejor amiga, Lanakila Hale, atraía la atención de todos los presentes. Antes de siquiera comenzar su actuación en solitario, ya había cautivado al público con su tradicional belleza hawaiana. Tenía un cabello largo, negro y ondulado que parecía flotar sobre su piel dorada. Unas flores de Plumería le coronaban la cabeza y le rodeaban las muñecas y los tobillos. Llevaba una falda hecha de hojas de *ti,* que dejaban entrever de vez en cuando sus muslos, y un top amarillo que cubría sus voluptuosos pechos y dejaba a la vista su esbelto abdomen.

No podía evitar admirar su figura. Eran amigos, pero era imposible ignorar que Lana tenía un cuerpo espectacular. Firme, esculpido y esbelto tras años y años de entrenamiento de danza profesional. Aunque estaba especializada en danza tradicional hawaiana, había estudiado danza en la Universidad de Hawái y estaba bien versada en prácticamente todos los estilos, incluyendo el ballet, la danza moderna y el hip-hop.

A medida que los tambores sonaban más deprisa, Lana aceleró el movimiento de sus caderas, que giraba y se contoneaba al ritmo mientras movía los brazos con elegancia para narrar la historia de esa danza *hula* en particular. El *hula* no era simplemente un entretenimiento para los turistas; era la forma de narrar historias de su cultura ancestral. Estaba increíble, incluso mejor que la noche que la había visto bailar por primera vez en Lahaina y supo que la quería en su nuevo hotel como coreógrafa.

Lana era la contradicción personificada. Era una atleta y una dama al mismo tiempo: fuerte y femenina, esbelta y con abundancia de curvas. No se podía imaginar una mujer más perfecta físicamente. Y además, era una persona fantástica. Inteligente, perspicaz, con talento y sin miedo a llamarle la atención o reprenderlo, lo cual él necesitaba de vez en cuando.

Se giró hacia la multitud al sentir que su cuerpo estaba empezando a reaccionar ante la imagen física de su amiga. No sabía por qué se torturaba viendo el espectáculo cuando sabía a qué conduciría. Con cada golpe de tambor y de cadera, se le tensaban los músculos y se le aceleraba el pulso.

Se aflojó la corbata y respiró hondo. Era algo que le sucedía con más frecuencia de lo que le gustaría, pero ¿quién podía culparlo?

Por mucho que fuera su amiga, sin duda era su tipo

de mujer. En realidad, era el tipo de mujer de cualquier hombre de sangre caliente que se preciara, y además en su caso cumplía con todos los requisitos de su lista. Pero él no tenía ningún interés en formar una familia y un hogar mientras que Lana, por supuesto, quería todo eso al completo, era lo que más deseaba. Precisamente por eso no podía arriesgarse a probar la fruta prohibida, porque entonces ella querría que comprara el cesto de fruta entero. Ceder a la atracción que sentía por su amiga supondría un desastre, porque si Lana quería más y él no, ¿cómo acabarían?

Dejando de ser amigos.

Y ya que eso no era una opción, tenían que ser amigos y nada más. Lo único que deseaba era poder convencer de eso a su erección. Llevaban siendo amigos alrededor de tres años y hasta el momento no lo había logrado, lo cual requería alguna que otra ducha fría de vez en cuando.

Las demás bailarinas se unieron a Lana tras su solo y resultó una buena distracción. Cuando terminaron, los bailarines ocuparon el escenario y las chicas se retiraron para cambiarse de traje. En el Mau Loa el espectáculo repasaba toda la historia del *hula* cubriendo años de estilos y vestimentas según había ido evolucionando. Kal no quería una actuación simple para entretener a los huéspedes; quería que conocieran y valoraran a su pueblo y a su cultura.

–¿Tenemos su aprobación, jefe? –preguntó una mujer tras él.

Kal no tuvo que darse la vuelta para reconocer la sensual voz de Lana. Miró a la izquierda y la encontró a su lado. Como coreógrafa, ejecutaba alguna danza y sustituía a bailarines enfermos o ausentes, pero no participaba en la mayoría de los números.

—Alguno sí —respondió él centrando toda su atención en ella. Porque la única bailarina que podía atraer su interés de verdad estaba justo ahí, a su lado—. Alek hoy parece un poco despistado.

Lana giró la cabeza bruscamente hacia al escenario y observó al bailarín con ojo crítico.

—Creo que tiene un poco de resaca. Le he oído hablar con otro de los chicos esta tarde en el ensayo sobre una noche salvaje en Paia. Hablaré con él por la mañana. Sabe muy bien que no debe salir hasta tarde la noche antes de una actuación.

Esa era una de las razones por las que Kal y Lana eran tan buenos amigos: los dos buscaban la perfección en todo lo que hacían, y Lana incluso más que Kal. Él quería que todo estuviese perfecto y disfrutaba con el éxito que lograba, pero también disfrutaba de su tiempo libre. Lana estaba supercentrada todo el tiempo y lo cierto era que había tenido que hacerlo para llegar adonde había llegado en la vida. No todo el mundo podía salir solo de la pobreza y convertir su vida en lo que quería. Para eso hacía falta empuje y motivación, y de eso ella tenía a raudales.

A veces le gustaba destacar algún fallo solo para verla girar la cabeza bruscamente y sonrojarse y ver cómo sus pechos palpitaban de furia contra su diminuto top. Eso no hacía más que aumentar su atracción por ella, pero sin duda también hacía que las cosas se pusieran más interesantes.

—Pero todos los demás están fantásticos —añadió para calmarla—. Buen trabajo esta noche.

Lana se cruzó de brazos y le golpeó con el hombro. No era una persona muy afectiva. Un golpe en el hombro o un choque de puños eran sus máximos acercamientos, a menos que estuviera triste. Pero si algo la inquietaba, entonces sí, lo único que quería era un abrazo de Kal. Y él con mucho gusto la abrazaba hasta que se sentía mejor y disfrutaba del poco afecto que ella estaba dispuesta a compartir.

El resto del tiempo Lana era una mujer seria y estricta. Tanto que Kal se alegraba de no ser uno de sus bailarines. La había visto en los ensayos y sabía que no aceptaba nada por debajo de la perfección que ella misma ofrecía.

Por muy amigos que fueran, estaba seguro de que si alguna vez se sobrepasaba, se llevaría un bofetón en la cara. Y eso le gustaba de ella. La mayoría de las mujeres de Maui sabían muy bien quién era, y estaban dispuestas a hacer lo que él quisiera con tal de acercársele. Acudían a él como moscas a la miel, y por eso le gustaba que de vez en cuando Lana rompiera tanta dulzura con su acidez.

El escenario se oscureció y se quedó en silencio por un momento, captando la atención de ambos. Cuando las luces volvieron, los hombres se habían ido y las mujeres volvían con faldas largas de hierba, sujetadores de cocos y grandes tocados. Kal se refería cariñosamente a esa actuación como «el sacude traseros». No entendía cómo las mujeres podían moverse a tanta velocidad.

—Esta noche hay mucho público —apuntó Lana.

—Siempre llenamos los domingos por la noche. Todo el mundo sabe que este es el mejor *luau* de Maui.

Lana posó la mirada en el escenario y él, aburrido

de tanto baile, prefirió fijarse en ella. Una ligera brisa transportaba la fragancia de sus flores de Plumería junto con el dulce olor de su loción de coco. Los pulmones se le llenaron de ese aroma que tanto le recordaba a noches de risas en el sillón mientras compartían bandejas de *sushi*.

Pasaban juntos gran parte de su tiempo libre. Kal tenía citas de vez en cuando, al igual que Lana, pero esas relaciones no llegaban a ninguna parte. En su caso era por elección propia, y en el caso de Lana, porque tenía un gusto terrible para los hombres. La adoraba, pero era un imán para idiotas y perdedores. Jamás tendría el marido y la familia que deseaba con la clase de hombres con los que salía.

Pasaban mucho tiempo juntos; Kal tenía a toda su familia en Oahu y a Lana no le compensaba demasiado ir a visitar a la suya. Alguna que otra vez iba a ver a su hermana, Mele, y a su sobrina, Akela, pero siempre volvía al hotel malhumorada.

Pensar en la familia y en el tiempo libre le hizo preguntarle:

—¿Tienes planes para Navidad? —faltaba poco más de un mes y el tiempo pasaba deprisa.

—La verdad es que no. Ya sabes lo ocupados que estamos por aquí en Navidad. Tengo a los músicos trabajando en algunas canciones navideñas y vamos a añadir un nuevo número al *luau* la semana que viene, lo cual implica más ensayos. Jamás me atrevería a pedir unos días libres cerca de Navidad. ¿Y tú qué?

Kal se rio.

—Yo estaré aquí, por supuesto, ayudando a los huéspedes a celebrar la Navidad en su hogar tropical alejado de su verdadero hogar. Entonces ¿continuamos con nuestra tradición de pasar la Nochebuena comiendo *sushi* junto a mi chimenea mientras nos intercambiamos los regalos?

Lana asintió.

—Me parece un buen plan.

Kal se sintió aliviado. No sabía qué haría si Lana llegaba a encontrar al hombre de sus sueños. Si se enamorara, formara una familia y se construyera una vida fuera del Mau Loa, se quedaría solo. Había estado a su lado desde que habían abierto el hotel y se había acostumbrado a tenerla allí siempre.

Y últimamente el hecho de saber que su hermano estaba comprometido y que esperaba un bebé hacía que sus preocupaciones aumentaran. Mano se había empleado a fondo para no tener ninguna relación seria y, aun así, se había enamorado perdidamente de Paige antes de poder darse cuenta. Kal no pensaba que eso pudiera pasarle a él; era demasiado terco como para permitir que una mujer se le acercara tanto.

Pero Lana… se merecía más que pasar la Nochebuena con él tomando *sushi*. Se merecía la vida y la familia que quería. Aunque ella no hablaba mucho del asunto, Kal sabía que había tenido una infancia terrible y que formar su propia familia sería su modo de construir lo que nunca había tenido. Así que cuando ya no la tuviera a su lado, tendría que encontrar una válvula de escape para su soledad y sus celos.

La miró y vio que estaba apoyada contra la pared. Parecía cansada.

—¿Estás bien?

—Sí —le respondió mirando fijamente al escenario—.

Ha sido un día largo. Voy a ir a mi habitación a cambiarme. ¿Te apetece que cenemos después del espectáculo?

—Claro.

—Nos vemos en el bar dentro de media hora y me cuentas qué tal sigue el espectáculo.

—Hecho.

Lanakila subió la escalera hacia su suite, situada en el extremo más alejado del hotel. Era su hogar. Kal acababa de terminar la construcción de su residencia privada al otro lado del campo de golf del complejo Mau Loa. La casa tenía cuatro dormitorios, una cocina enorme, un garaje para tres coches y un patio con una piscina que parecía un oasis tropical. Antes de eso había estado viviendo en una suite del hotel para poder supervisar todos los detalles de la construcción.

Al mudarse a su nueva casa, le había cedido su suite a Lana en lugar de remodelarla para tenerla a disposición de los huéspedes. Hasta entonces ella había vivido en un pequeño estudio en la costa de Kahakuloa, pero lo había dejado y había vendido todos sus muebles al trasladarse al hotel. Era perfecto vivir allí, porque así no tenía que preocuparse de conducir de vuelta a casa, exhausta, las noches que se quedaba trabajando hasta tarde.

Abrió la puerta con la tarjeta y entró. Encendió la luz de la diminuta cocina antes de pasar por el salón y acceder al dormitorio. Allí se quitó el traje de baile y se puso su ropa.

No le gustaba moverse por el hotel con la ropa de

baile; le hacía sentirse como un personaje de un parque temático hawaiano. Además, notaba que Kal se sentía incómodo cuando no estaba completamente vestida. Desviaba la mirada y se mostraba inquieto, lo cual no hacía nunca cuando iba vestida con ropa de calle.

Suponía que si él fuera por ahí con el traje de baile masculino todo el tiempo ella también se sentiría incómoda, aunque por razones distintas. Los hombres bailaban con poco más que una falda de hojas de *ti* y a ella ya le costaba bastante centrarse en lo que Kal le decía cuando estaba completamente vestido con uno de sus trajes de diseño, que cubrían cada centímetro de su bronceada piel pero que le sentaban como un guante y dejaban muy poco a la imaginación.

Kalani Bishop era el hombre más increíble que había visto en su vida, y eso que había estudiado en la facultad de danza. No obstante, no pensaría más sobre el asunto porque desear a Kal era como desear tener un tigre por mascota. Era hermoso y si se manipulaba adecuadamente podía ser un compañero cariñoso, pero en el fondo siempre era salvaje y no podías domesticarlo hicieras lo que hicieras. Por mucho que le gustara vivir peligrosamente de vez en cuando, sabía que Kal era una bestia que estaba fuera de su alcance.

Ataviada con unos vaqueros y una camiseta de tirantes, volvió al salón y agarró el teléfono, que había dejado allí durante la actuación. Vio el aviso de una llamada perdida y un mensaje de voz de la comisaría de policía de Maui. Le dio un vuelco el estómago. Otra vez no.

Con un padre de carácter violento y una hermana metiéndose en líos siempre, recibir una llamada de la comisaría no era algo tan extraño como le gustaría.

Su madre había muerto cuando ella era muy pequeña y su padre, al menos según le habían contado, había sido un buen hombre hasta entonces. Se había esforzado por sacar adelante a sus dos hijas pequeñas mientras intentaba asumir la pérdida de su esposa, pero se había dado a la bebida, un hábito que daba rienda suelta a su mal carácter. Nunca había golpeado a sus hijas, pero sí que había destrozado la casa. Además, tenía cierta tendencia a pelearse en bares y a acabar arrestado.

Lana siempre se había portado bien y se había metido en el mundo del baile para hacer feliz a su padre, un hawaiano que, a pesar de todo, creía en honrar su cultura. Había empezado a asistir a clases de *hula* de pequeña y había continuado en el instituto. Su padre jamás la había mirado con tanto orgullo como cuando la veía bailar.

Mele, en cambio, nunca se había preocupado tanto por contentarlo. Sabía que, de un modo u otro, siempre acabaría metida en problemas, y por eso había decidido divertirse sin más, lo cual incluía salir con todos los chicos con los que se cruzaba excepto con nativos, a quienes su padre habría dado su aprobación. Y cuando por fin empezó a salir con un hawaiano, no resultó ser una joya. Tua Keawe era un criminal en ciernes. Mele lo conoció timando a turistas y desde ahí sus actividades ilegales fueron en ascenso. Lana dejó de visitar a su hermana porque siempre la encontraba drogada o borracha.

El año anterior, Mele se había quedado embarazada, y eso pareció hacerla reaccionar. Akela, su sobrina, había nacido sin adicción y sin el síndrome de abstinencia fetal. Era una niña perfecta y preciosa que Lana adoraba más que a nada. Siempre había querido tener una hija, y en ocasiones deseaba que fuera suya y no de Mele, aunque solo fuera por el bien de la niña. El comportamiento modelo de Mele no había durado mucho tras el parto. Había vuelto a los viejos hábitos y no había mucho que Lana pudiera hacer sin correr el riesgo de que el Servicio de Protección de Menores se llevara a la niña.

Kal estaba al corriente de lo de su padre y de que su hermana tenía cierta tendencia a meterse en líos, pero había intentado ocultarle el asunto de los arrestos de Mele. Sabía que su amigo la entendería y no la juzgaría, pero él pertenecía a una familia importante y respetada y ella, en cierto modo, se avergonzaba de la suya. La mayor parte del tiempo intentaba ignorar sus orígenes, pero su familia siempre parecía empeñada en recordárselo.

También evitaba el tema porque siempre esperaba que Mele madurara y empezara a actuar como la hermana mayor y responsable que debería ser. Sin embargo, hasta el momento sus esperanzas de tener una hermana en la que poder apoyarse en lugar de tener una a la que vigilar y controlar no se habían cumplido. Y ya que no la tenía, se apoyaba en Kal y lo consideraba su hermano mayor. Podía acudir a él y pedirle consejo y él siempre la ayudaba en todo lo que podía.

Al mirar la pantalla le preocupó que en esta ocasión su familia se hubiera metido en un problema tan grave que le fuera imposible ocultárselo a Kal. Tarde o temprano sucedería. Finalmente reunió el valor necesario para pulsar el botón y escuchar el mensaje.

—Lana, soy Mele. Tua y yo estamos arrestados. Necesito que vengas a sacarnos de aquí. Todo esto es una mierda. ¡Nos han tendido una trampa! ¡Una trampa!

La llamada se cortó y Lana suspiró. Parecía que iba a pasar otra noche yendo a pagar la fianza de su hermana. Sin embargo, antes de ir llamaría a la comisaría; habían pasado un par de horas desde que su hermana le había dejado el mensaje y quería asegurarse de que seguía allí.

Pulsó el botón para devolver la llamada a la comisaría y la operadora respondió:

—Hola, soy Lana Hale. He recibido una llamada de mi hermana, Mele Hale, sobre el pago de una fianza.

Se produjo un momento de silencio mientras la mujer consultaba algo en el ordenador.

—Sí, señora, por favor espere un momento mientras le paso con el agente al mando.

—Aquí el agente Wood —respondió un hombre al cabo de un instante.

—Soy Lana Hale —repitió—. He recibido una llamada de mi hermana para que vaya a pagar su fianza y quería asegurarme antes de ir hasta allí tan tarde.

—Sí, su hermana y su novio han sido arrestados hoy por posesión de narcóticos con intención de distribuirlos. Al parecer, han intentando venderle heroína a un agente de incógnito.

Lana contuvo un gruñido. Era peor de lo que se había imaginado. No sabía que su hermana había pasado de la hierba y el LSD a un delito de drogas más grave.

—¿Cuánto es la fianza?

—Lo cierto es que su hermana no estaba bien informada cuando la ha llamado. No hay fianza establecida para ninguno de los dos. Van a estar arrestados hasta

15

mañana. La señorita Hale se reunirá con un abogado designado por el tribunal el lunes por la mañana antes de presentarse ante el juez.

—¿Qué juez?

—Creo que se tienen que presentar ante el juez Kona.

El juez Kona era conocido por ser un hueso duro de roer. Era superconservador, supertradicional, y no toleraba ninguna tontería en su sala. No sería la primera vez de Mele ante el juez Kona, y a ese hombre no le gustaban nada los reincidentes.

—¿Y qué pasa con su hija? —preguntó de pronto.

Su sobrina, Akela, solo tenía seis meses. Esperaba que no la hubieran dejado sola en la cuna mientras ellos salían a ganarse algo de dinero, aunque si lo hubieran hecho tampoco le habría sorprendido.

—La niña estaba en el coche, dormida en su silla. Se la ha llevado el Servicio de Protección de Menores.

El pánico se apoderó de ella a pesar de saber que su sobrina estaba a salvo.

—¡No! ¿Qué puedo hacer? Me la quedaré yo. No tiene por qué estar con unos extraños.

—Entiendo cómo se siente —dijo el agente Wood—, pero me temo que tendrá que esperar y solicitarle al juez una custodia temporal mientras los tutores legales están encarcelados. Le aseguró que la niña estará bien atendida. Tal vez mejor que con sus propios padres.

A Lana le comenzaron a temblar las rodillas y se dejó caer en el sillón. El resto de la llamada se desarrolló deprisa, y antes de poder darse cuenta, el agente había colgado y ella estaba mirando la pantalla apagada del teléfono.

La encendió de nuevo para ver la hora. Era domingo

y además muy tarde. Tendría que esperar para poder contactar con un abogado. Era inevitable que Akela pasara la noche en un centro de acogida, pero haría lo que estuviera en sus manos para tenerla consigo el lunes por la tarde.

Le asustaba la idea de dar un salto tan inesperado a la maternidad, no estaba preparada, pero lo haría encantada. Su hermana podría pasar en la cárcel meses e incluso años, de modo que esta vez no cuidaría de su sobrina una noche o un fin de semana; sería su tutora durante el tiempo que Mele tuviera que pagar su deuda con la sociedad.

Necesitaría ayuda. No quería hacerlo, pero sabía que tenía que contarle a Kal lo sucedido. Tal vez conociera un abogado para Mele que fuera mejor que uno de oficio o, al menos, uno que pudiera ayudarla a ella a conseguir la custodia de Akela.

Se levantó del sillón, se guardó el móvil en el bolsillo trasero y se dirigió al bar para reunirse con su amigo. Si había alguien que pudiera sacarla de ese problema, ese era Kal.

Capítulo Dos

Al día siguiente Kal se encontraba en el despacho de su abogado intentando mantenerse callado. Estaban allí por Lana y por Akela y, aun así, le estaba resultando difícil mantener la boca cerrada.

Lana se había reunido con él en el bar la noche anterior con la mirada cargada de pánico. Nunca la había visto así. Le había dado una copa, la había sentado en un sillón y le había hecho contarle todo. Hasta ese momento no había sido consciente de lo mucho que le había ocultado sobre su familia. Sabía que su padre era un desastre, pero al parecer su hermana era aún peor. Solo imaginarse a la pequeña sobrina con unos extraños había hecho que le hirviera la sangre de rabia. La había visto en una sola ocasión, una tarde en la que Lana estuvo cuidando de ella, pero le había parecido adorable con sus mofletes regordetes, unas pestañas muy largas y una graciosa sonrisa desdentada. Lana adoraba a esa niña y ahora esa niña tenía problemas.

Había llamado a su abogado al instante. Cuando tenías un contrato de seis cifras con Dexter Lyon, tenías su número personal y permiso para llamarlo siempre que lo necesitaras. Y aunque él nunca había tenido motivos para acudir a su abogado en mitad de la noche, Lana sí los tenía, y eso era lo único que importaba. Había accedido a verlos el lunes a primera hora de la mañana.

—Para seros sincero, esto no pinta bien —dijo Dexter.

—¿Qué quieres decir? —preguntó Lana, que parecía estar al borde del llanto constantemente desde la noche anterior.

—Quiero decir que el juez Kona es duro de pelar. Sí, lo más normal sería que obtuvieras la custodia de tu sobrina, pero voy a decirte por qué rechazaría tu petición. Eres bailarina, vives en la habitación de un hotel, tienes unos horarios de locura y estás soltera. Y aunque nada de eso te incapacita legalmente para tener hijos, si lo juntas todo resulta complicado convencer al juez.

Lana frunció el ceño.

—Bueno, por un lado, soy coreógrafa. Sí, resido en el hotel por una cuestión de comodidad, pero puedo conseguir un apartamento si hace falta. Y estoy soltera, pero puedo permitirme pagar una guardería mientras estoy en el trabajo.

—¿Y por la noche? Que conste que ahora mismo solo estoy ejerciendo de abogado del diablo. El juez Kona te hará estas preguntas, así que es mejor que estés preparada para ellas.

—No entiendo cómo se puede considerar a Lana no apta, cuando los padres de la bebé son traficantes de drogas. Aunque fuera una bailarina exótica que viviera en una furgoneta junto al río, sería más apta que Mele y Tua —Kal se estaba enfadando. No estaba acostumbrado a que le negaran nada, y menos cuando llamaba a Dexter. Dexter debía solucionar cosas, y su reticencia a ocuparse de ese asunto lo estaba enfureciendo por segundos.

—Lo entiendo, de verdad que sí. Y por eso me he adelantado y he solicitado la custodia temporal. El miércoles nos presentaremos ante el juez.

–¡El miércoles! –Lana estaba hundida. Kal imaginaba que si su sobrina estuviera con unos extraños él no podría dejar pasar ni una hora para recuperarla, así que mucho menos unos cuantos días.

–En el sistema judicial no existen las prisas. Tenemos suerte de que nos vayan a ver el miércoles. Mirad esto como la oportunidad que es.

–¿Oportunidad? –repitió Lana escéptica.

–Sí. Tienes dos días para optimizar tu situación. Encuentra un lugar donde vivir, busca una niñera, compra una cuna y, si tienes un novio formal, cásate con él. Todo eso ayudará a la causa.

¿Casarse?

–Espera un segundo –dijo Kal. Ya no se podía callar más–. ¿Le estás recomendando que se case con alguien para poder conseguir la custodia?

–No estoy diciendo que se case con cualquiera, pero si tiene un novio formal, sería un momento genial para dar el salto.

Lana se recostó en la silla y agachó la cabeza hasta las manos.

–Tal como siempre lo había imaginado.

A Kal no le gustaba lo que estaba viendo. Parecía completamente derrotada y no iba a permitir que se sintiera así.

–Es una buena idea, Dexter, pero no todo el mundo tiene una relación que pueda pasar al siguiente nivel con un día de preaviso.

Dexter se encogió de hombros.

–Bueno, imaginaba que la propuesta no iba a funcionar, pero no habría venido nada mal. Pues entonces, centra todas tus energías en encontrar un apartamento y una niñera. Y que sea un buen sitio. Un estudio no es mucho mejor que la suite de un hotel –se levantó y se apoyó en el escritorio–. Sé que parecen muchos cambios solo para una custodia temporal, pero tu hermana y su novio están metidos en un buen lío y puede que esto no sea tan temporal como imaginas. Además, la vida se puede complicar mucho viviendo en un apartamento pequeño con un bebé. Mi casa tiene doscientos ochenta metros cuadrados y, cuando llegamos del hospital con nuestro hijo, nos pareció una cajita de cartón. Había cosas de bebé por todas partes. Todo se complica y tardas veinte minutos en lograr subirte al coche para ir al supermercado.

Lana gritó.

–¿Me estás intentando disuadir?

Dexter abrió los ojos de par en par.

–¡No, claro que no! Los niños son geniales. Ahora tenemos cuatro. Lo que quiero decir es que necesito que hagas todo lo necesario para que sea una transición sencilla. Tengo intención de ganar la moción el miércoles y necesito tu ayuda para que al juez le resulte imposible negarte la custodia. Cualquier cosa que puedas hacer ayudará.

En ese momento alguien llamó a la puerta.

–¿Sí? –preguntó Dexter.

Su secretaria asomó la cabeza por la puerta.

–Lo siento, señor Lyon, pero el señor Patterson está por la línea dos y parece muy molesto. Se niega a hablar con nadie que no sea usted.

Dexter miró a Lana y después a Kal.

–¿Os importa si contesto en la otra sala? Tardaré solo un minuto.

Kal asintió y Dexter salió por la puerta. No le gustaba nada lo que estaba pasando, y no le gustaba nada ese juez. ¿Quién era él para imponer su sistema de valores en otras personas? Lana no debería tener que reorganizar su vida por eso. No había nada malo en su modo de vida. No era una traficante de drogas ni una heroinómana, así que tenía que ser más apta para la custodia que su hermana.

Quería decir algo, pero la expresión meditabunda de Lana lo detuvo. No quería interrumpirla.

Por fin su mirada pareció centrarse y lo miró. Ese día llevaba su melena oscura recogida en una cola de caballo que le caía por el hombro. Aunque su largo y abundante cabello era precioso y él solía fantasear con deslizar los dedos por él, sabía que a Lana le incordiaba. Lo llevaba largo por el espectáculo, pero si no estaba actuando, siempre se lo apartaba de la cara. Y por suerte para él, eso aplacaba sus tentaciones, al menos la mayor parte del tiempo.

—Bueno, tengo una idea. Es una locura, pero hazme un favor y escúchame un segundo.

—De acuerdo —respondió él no muy seguro de que fuera a gustarle.

—Está claro que no voy a cambiar de trabajo y que no hay razón para hacerlo.

—Estoy de acuerdo.

—Puedo encontrar una guardería para los días que trabajo con los bailarines y una niñera para las noches del *luau*.

—Cierto. Y también puedo darte días libres, ya lo sabes. Creo que tienes unas doscientas horas de vacaciones que no has usado aún.

Lana frunció el ceño. Últimamente hacía mucho ese gesto, y a Kal no le gustaba. Le entraron ganas de borrar esa arruga entre sus cejas y besarla hasta hacerla sonreír, aun a riesgo de recibir un bofetón. Lo único que quería era dejar de verla tan triste. Sin embargo, se mantuvo quieto y con la boca cerrada.

—Es buena idea, pero es casi Navidad y estás muy ocupado. No puedo tomarme el mes entero libre. Además, si lo que tu abogado dice es verdad y voy a tener a Akela más de un mes o dos, voy a necesitar días por si se pone enferma o tenemos alguna cita con el médico. Todo el mundo que conozco con hijos de menos de tres años necesita días para eso, sobre todo si van a la guardería. Allí se contagian muchos virus.

Kal no había pensado en eso. Si esa nueva situación se alargaba, Akela ocuparía gran parte de su tiempo. De pronto sintió un golpe de celos al saber que podría perder a su mejor amiga temporalmente. Lo comprendía perfectamente, pero se preguntó qué haría mientras ella estuviera volcada en cuidar de su sobrina.

—De acuerdo, solo quería dejar claro que a tu jefe le parece bien si tienes que hacerlo.

Lana asintió.

—Gracias. Suele ser un cretino, así que me alegra que esté siendo razonable en este caso.

Sonrió por primera vez desde que había recibido la llamada de su hermana y él se sintió aliviado. Esa sonrisa le daba un poco de esperanza.

—Lo de encontrar un apartamento más grande en Maui sí que es complicado. No me puedo permitir nada así en el lado oeste de la isla, y si me muevo más al este, el camino al trabajo y de vuelta a casa será terrible.

El mercado inmobiliario en Maui era una locura. Intentaba no pensar demasiado en cuánto había pagado por el terreno donde se ubicaba su hotel. Había tantos ceros en el cheque que había pasado un mal rato al firmarlo, y eso que tenía el dinero. No se podía imaginar lo que sería intentar vivir allí con un salario medio. Lana ganaba dinero, pero no lo suficiente como para tener un piso grande frente al mar.

—¿Y si te vienes a vivir conmigo? –preguntó de pronto sin pensar.

Lana lo miró estrechando sus ojos almendrados.

–La verdad es que ayudaría mucho, pero ¿estás seguro? Tenernos a mí y a una bebé en casa te va a cortar tus alas de soltero.

Kal le quitó importancia al asunto; de todos modos, en esa época del año apenas tenía tiempo para nada más que para el trabajo. Además, si Lana estaba en su casa con la niña, no la echaría de menos… aunque eso jamás lo admitiría.

–Tengo tres habitaciones vacías. Si te sirve, estaré encantado de hacerlo.

Lana le sonrió.

–La verdad es que me alegra mucho que lo hayas dicho, porque estaba a punto de exponerte la parte más descabellada de mi plan.

Kal tragó saliva. ¿Tenía algo en mente que era más descabellado que irse a vivir juntos y con un bebé?

En ese momento Lana se levantó de la silla y se arrodilló ante él. Le tomó la mano.

–¿Qué estás haciendo? –le preguntó Kal con el pecho encogido e intentando respirar. De pronto sentía como si la mano le ardiese, todos sus nervios se habían encendido ante el contacto. Quería apartarse para recuperar el control, pero sabía que no podía. Era la calma que precedía a la tormenta.

Lana respiró hondo y lo miró con una sonrisa esperanzada.

—Te estoy pidiendo que te cases conmigo.

Lana lo miró, y esperó nerviosa una respuesta. Era una locura, lo sabía, pero estaba dispuesta a hacer lo que fuera para conseguir la custodia de Akela. Así que ahí estaba, arrodillada y pidiéndole matrimonio a su mejor amigo, que no tenía ningún interés en llegar a casarse nunca.

A juzgar por la cara de pánico de Kal, no era lo que se había esperado y no quería aceptar. Le apretó la mano con más fuerza y notó que su amigo le devolvió el apretón a pesar de que, probablemente, habría preferido apartarse. Era su apoyo, su ideal, su todo. Podía funcionar. Tenía que funcionar.

—Siento no tener un anillo de diamantes para ti —comenzó a decir con la esperanza de romper la tensión—, pero no tenía pensado comprometerme con nadie hoy.

Kal no se rio. Abrió los ojos de par en par mientras sacudía la cabeza con incredulidad.

—¿Hablas en serio?

—Totalmente. Acabas de decir que harías lo que fuera para ayudarme a conseguir a Akela. Si el miércoles cuando vayamos al juzgado estamos casados y viviendo juntos en tu casa enorme, al juez le resultará imposible rechazar la solicitud.

Kal se inclinó hacia delante y le apretó las manos.

—Sabes que haría lo que fuera por ti, pero ¿casarnos? Yo nunca… quiero decir… Es algo muy serio.

El hecho de que no se hubiera negado en rotundo a esa locura le hizo quererlo aún más.

—Escucha, sé lo que opinas del matrimonio y lo entiendo. No te estoy pidiendo ni que te quedes conmigo para siempre ni que te enamores perdidamente de mí. No nos vamos a acostar ni nada parecido. Eso sí que sería una locura. Solo quiero este matrimonio para aparentar. Pasamos tanto tiempo juntos que a nadie le extrañaría que nos hubiéramos enamorado de pronto y nos hubiéramos casado en secreto. Es la tapadera perfecta. Estamos casados mientras tengamos que tener contentos al juez y al Servicio de Protección de Menores y después lo anulamos o nos divorciamos. Como mucho tendrás que besarme un par de veces en público. No debería ser tan horrible, ¿no?

Un destello de decepción le cruzó el rostro a Kal por un momento, pero Lana no supo a qué se debía. Era imposible que pudiera haberle ilusionado la idea de que se convirtieran en marido y mujer. Aunque jamás lo admitiría, a ella le producía un agradable cosquilleo solo pensarlo, pero estaba segura de que si Kal accedía, sería solo por obligación.

Al cabo de un momento él respiró hondo y asintió.

—Así que nos casamos, os venís a vivir conmigo y jugamos a ser la pareja feliz hasta que Akela pueda volver con sus padres. ¿Es así?

Lana asintió.

—Sí, lo prometo. Y si intentas algo más, te aseguro que te daré una bofetada para recordarte con quién estás tratando.

Eso sí que le arrancó una sonrisa a Kal, y Lana respiró aliviada al saber que seguiría ese plan descabellado a pesar de todo lo que implicaba.

–Entonces, Kalani Bishop, ¿me concederías el honor de ser mi marido postizo? –volvió a preguntar.

Él apretó los labios un instante y finalmente asintió.

–Supongo que sí.

–¡Sí! –Lana lo abrazó. Hundió la nariz en su cuello e inhaló el aroma de su colonia. El perfume familiar de su mejor amigo le arrancó una respuesta física que no se había esperado. Le comenzó a latir el corazón con fuerza mientras contenía ese especiado aroma masculino en sus pulmones y disfrutaba sintiendo sus brazos rodeándola. Nadie la abrazaba como él.

Pero entonces lo notó tensarse, incómodo, y se obligó a salir de la romántica bruma en la que había caído accidentalmente. Lo miró. Su rostro reflejaba indecisión y vergüenza en lugar de seguridad e ilusión. Lana no podía olvidar que todo era una farsa. Por mucho que su fantasía secreta se estuviera haciendo realidad, debía recordar que él solo lo estaba haciendo porque era importante para ella y porque eran amigos, no por ninguna otra razón. Tenía que reservarse sus reacciones físicas o, de lo contrario, lo ahuyentaría.

–¿De verdad te parece bien?

–No –respondió Kal con sinceridad–, pero lo voy a hacer de todos modos. Por ti.

Esas palabras hicieron que se le saltaran las lágrimas. Lo abrazó de nuevo y le susurró al oído:

–Gracias por ser el mejor amigo que una chica puede tener. Te debo una bien grande.

Kal se rio y su risa vibró contra su pecho, haciéndole desear abrazarlo más fuerte.

—¡No sabes cuánto!

La puerta del despacho se volvió a abrir, y Lana se apartó para girarse hacia Dexter.

—Nos vamos a casar —anunció antes de que él pudiera cambiar de opinión.

Dexter miró a Lana y después miró a Kal.

—Excelente. ¿Redacto un acuerdo prenupcial? Imagino que los bienes no se van a compartir y que cada uno conserva lo que aporta a la unión, ¿verdad?

—Claro —dijo Lana. Quería proteger a Kal y quería asegurarse de que él lo supiera—. No quiero que ponga sus manos encima de mi equipo de música anticuado.

Kal se giró hacia ella.

—¿Tu qué?

—Tiene plato de discos. Los vinilos están de moda otra vez.

Él sacudió la cabeza.

—Redacta lo que sea y volveremos mañana para firmarlo. Nos casaremos mañana por la tarde, contando con que el pabellón de bodas del hotel no esté ocupado. Al juez le bastaría con eso, ¿no?

—¿Los dos casados y viviendo en esa casa nueva y grande? ¡Sí, sin duda! —dijo Dexter asintiendo con entusiasmo—. Pero tendréis que fingir bien ante el Servicio de Protección de Menores cuando realicen las visitas a casa. Si lo hacéis bien, me facilitaréis mucho mi trabajo.

—De acuerdo —dijo Kal levantándose—. Nos vemos mañana entonces —le tendió la mano a Lana—. Vamos, cielo. Tenemos mucho que planificar si nos vamos a casar mañana por la tarde.

Lana sonrió. La tirantez con la que había pronunciado esas palabras era prueba suficiente de que se sentía muy incómodo con la situación pero que era demasiado buen amigo como para haberse negado a ayudarla. Ella tomó su mano y salieron juntos del despacho del abogado.

Estuvieron en silencio hasta que volvieron al coche. Kal había aparcado su Jaguar descapotable a la sombra en el aparcamiento. A Lana, que conducía un viejo todoterreno sin puertas, siempre le había encantado ese coche. Era la clase de vehículo con el que fantaseaban los amantes del motor. Sin embargo, al montarse ahora en él y mirar a su alrededor, se dio cuenta de que tenían un problema.

—¿Kal?

—¿Sí? —le preguntó él mientras arrancaba el motor.

—Tú conduces un descapotable de dos plazas y yo un Jeep Wrangler sin puertas ni techo.

—¿Y?

—Y… que no creo que podamos colocar una sillita infantil en ninguno de ellos.

—Hmm, puede que tengas razón. Hasta ahora eso no había importado. Alquilaré uno mientras tengamos a Akela. ¿Qué te parecería mejor? ¿Una minifurgoneta? ¿Un todoterreno lleno de *airbags*? ¿O preferirías un sedán?

—Una minifurgoneta no, es lo único que te pido. Y quitando eso, con tal de que tenga asiento trasero donde pueda sentarla y protegerla de los elementos, me parecerá bien. Gracias.

–No hay de qué –respondió Kal mirando hacia el centro comercial al que se estaban acercando–. Y ya que estamos hablando de lo poco preparados que estamos para el matrimonio y la paternidad, creo que deberíamos hacer una parada.

–Aún no sé qué necesitamos. Tengo que ir al apartamento de Mele y ver qué tiene.

Kal sacudió la cabeza, apagó el motor y bajó del coche.

–No. Vamos a comprarlo todo nuevo.

–¿Hablas en serio? No me puedo permitir comprarlo todo nuevo.

Kal se bajó las gafas de sol hasta la nariz y le lanzó una mirada que podría haber derretido a cualquier mujer.

–No lo vas a comprar tú. Lo voy a comprar yo.

–Es demasiado, Kal.

Pero él la ignoró y entró en la tienda.

–¡Kal! –gritó con las manos en las caderas.

–¿Qué pasa?

Muchas mujeres le habían preguntado cómo podía ser amiga de un hombre tan impresionante como Kal y no querer más de la relación. Y ella, mientras se convencía a sí misma de que no quería más, usaba una excusa: era más terco que una mula.

–Es demasiado.

–Vamos a casarnos y a irnos a vivir juntos. ¿Qué te parece «demasiado» exactamente?

Tenía razón.

–No quiero que compres una tonelada de cosas. Puede que solo vayamos a tenerla unas semanas.

–O años. De cualquier modo, necesita un lugar donde dormir, comida, ropa, pañales… Si te hace feliz, lo donaré todo cuando esto termine. No lo desaprovecharemos, ¿de acuerdo?

Lana se mordió el labio inferior, aunque sabía que tenía la batalla perdida desde el principio. Kal no estaría dispuesto a decorar la habitación de la niña con las cosas compradas de segunda mano que encontrarían en la casa de Mele.

–Necesitamos que nos atiendan –le dijo Kal a la encargada.

–¿En qué puedo ayudarle, señor?

–En todo. Vamos a comprarlo todo, así que necesito a alguien que vaya apuntando lo que elegimos y que luego nos lo envíe a mi casa.

La mujer, algo aturdida, agarró una carpeta y la pistola de códigos y comenzó a guiarlo por los pasillos. Lana intentó no mostrarse demasiado exasperada, pero lo cierto era que no entendía por qué Kal no podía agarrar un carro y hacer la compra como una persona normal.

Sin embargo, lo descubrió pronto. No había un carro tan grande para ello. No había exagerado al decir que lo iba a comprar todo. Tardaron unas dos horas en recorrer la tienda. Compraron una habitación completa, con cuna, cambiador, cómoda, lámpara y mecedora. Ropa de cama, una silla para el coche, una trona, un carro y un columpio. Bolsas de pañales, biberones, comida, medicinas, champú… De todo. Hasta compraron veinte conjuntos de ropa y pijamas.

Fue agotador, pero Lana tuvo que admitir que Kal tenía buen gusto. Todo lo que compró era precioso. Los muebles eran de un color gris suave que hacía juego con la ropa de cama de lunas y estrellas. Resultaba encantador para una habitación de un bebé. Akela era tan pequeña que no apreciaría la mayoría de las cosas, pero al menos los juguetes que Kal le había comprado le harían ilusión.

Mientras terminaban de elegir las últimas cosas, Lana dio un paso atrás y dio gracias por lo que tenía. No podría haber hecho posible nada de eso sin su amigo. Era una persona increíble, y no solo por acceder a casarse con ella, sino por todo.

No entendía por qué estaba tan decidido a permanecer soltero. Insistía en que estaba demasiado ocupado para el matrimonio, pero ella no se lo creía. Era la clase de hombre que podía hacer realidad cualquier sueño. Si quería formar una familia, lo único que tenía que hacer era chascar los dedos y tendría una fila de mujeres ofreciéndose voluntarias. Era alto y musculoso, con el pelo oscuro y ondulado y la piel dorada. Su sonrisa podía derretirla y, sinceramente, cuando lo veía por el hotel con uno de esos trajes caros que llevaba, le costaba mucho controlarse para no arrojarse sobre él.

Bromeaba sobre lo pesado y testarudo que era y le llamaba «playboy» por todas las mujeres con las que salía, pero la verdad era distinta. Quería a Kal. Era lo mejor de su vida y si se detenía a pensar en ello, probablemente incluso lo desearía. Pero ya que era un pensamiento ridículo, jamás se permitía contemplarlo.

Kal era demasiado bueno para ella. Era culto, rico y provenía de una familia importante. Sí, podían ser amigos e incluso fingir ser marido y mujer, pero él no tendría una relación de verdad con una mujer como ella. Aunque estuviera abierto a la idea del matrimonio, nunca la elegiría a ella. Le sorprendía que hubiera accedido a fingir ese matrimonio, teniendo en cuenta que su hermana estaba en la cárcel y que su familia era un desastre, pero su amistad lo había hecho posible y se aferraría a ella con todas sus fuerzas. Era mejor que cualquier relación romántica.

Por otro lado, todo eso hacía que salir con otros hombres fuera complicado porque ¿dónde iba a encontrar a uno que estuviera a la altura de Kal? Era imposible, y eso que lo había intentado, pero ninguno de los hombres con los que había salido se había podido igualar a Kal lo más mínimo. No solo era guapo y tremendamente rico, sino que además era divertido, amable, sensato… No podía haber elegido un amigo mejor. Ni un marido mejor, aunque fuera una farsa.

Ella solo tenía que pedirle que firmara en la línea de puntos, que le diera la mano en el juzgado y que actuara como un marido cariñoso en público. Él, en cambio, se estaba gastando una fortuna y se había comprometido al completo a que la farsa funcionara. ¡Y todo por hacerla feliz!

No sabía por qué estaba soltero, pero estaba claro por qué ella no se podía comprometer con un hombre que no fuera Kal.

Capítulo Tres

Kal se ajustó la pajarita del esmoquin y se miró al espejo. Estaba tan nervioso como suponía que lo estaría un novio de verdad, aunque le faltaba esa chispa de emoción. Se sentía incómodo, extraño. Estaba claro que no era así como se había esperado pasar el martes.

El matrimonio no siempre había sido un concepto ajeno a él. Cuando era más joven pensaba que era algo que haría algún día, pero entonces la realidad se había entrometido. Cuando tenía veinte años, un accidente de coche les había arrebatado la vida a sus padres y había dejado ciego a su hermano, y en ese momento había aprendido que nadie era invencible, ni siquiera él. Había crecido tan protegido y entre tantos privilegios que había pensado que no podría sucederle nada malo, pero entonces, en un instante, había perdido a las personas más importantes de su vida. Sin previo aviso, sin despedirse, se habían ido para siempre.

De pronto le habían caído encima más responsabilidades que a la mayoría de los chicos de su edad y, aunque sus abuelos le habían ayudado con el hotel mientras terminaba la universidad y Mano se adaptaba a su discapacidad, el matrimonio había dejado de entrar en sus planes. No estaba seguro de poder volver a pasar por algo así: estar unido a una persona y perderla, o morir y dejar a una familia abandonada y destrozada.

Le parecía demasiado riesgo para la recompensa potencial.

Pero entonces, ¿por qué se estaba enganchando una orquídea a la solapa de la chaqueta y dirigiéndose a la puerta del pabellón de bodas del hotel Mau Loa?

Porque no había podido decirle que no a Lana.

Cuando lo había mirado con esos ojos marrones suplicantes, no había tenido duda de que haría cualquier cosa que le pidiera. Ahora lo único que esperaba era que ella marcara ciertos límites para ese «matrimonio».

No podía decir que Lana no fuera preciosa; de hecho, era exactamente su tipo de mujer, y ahí estaba el problema. El día que se conocieron supo que podía ser perfectamente la mujer que le hiciera olvidar toda cautela y enamorarse, pero ya que tenían prioridades tan distintas para sus futuros, sabía que era mejor no hacerlo y que debía tratarla como a una amiga. Era la opción más inteligente teniendo en cuenta lo mucho que le importaba su amistad y el hecho de que, técnicamente, era su empleada.

Saber que Lana solo quería una boda para aparentar le había supuesto tanto un alivio como un desafío. Una parte de él siempre se había preguntado si como pareja tendrían una relación tan fantástica como la que tenían de amigos, y sospechaba que sí. Estar tan cerca de ella, tener que tocarla y besarla en público y aun así mantener las distancias cuando estuvieran solos sería complicado. Era como probar un poco de su postre favorito, lo suficiente para despertarle el apetito pero no para saciarlo. Resultaba más sencillo rechazar el plato entero, sobre todo cuando el plato era tan sensual y sabroso como Lana.

Se miró una vez más al espejo, salió de su casa y condujo hasta el hotel. Su propiedad se encontraba en el extremo más alejado del complejo y separado del resto por el campo de golf. La mayoría de los días iba caminando o en el carrito de golf, pero no le parecía apropiado subir a su esposa a un carrito tras la ceremonia.

El pabellón de bodas estaba justo en la playa. El luminoso cenador blanco tenía espacio para albergar a diez personas y había sitio para unos cien invitados en la zona de césped de enfrente. Estaba en alto, tenía vistas al océano y se encontraba rodeado por exuberantes plantas para dotar a los novios de cierta intimidad y ocultarlos de los turistas que tomaban el sol cerca.

Kal lo había construido porque le parecía bueno para el negocio. En el hotel de Waikiki no tenían espacio para uno y se había asegurado de reservar un espacio para ello allí. Hawái era un gran destino para la celebración de bodas y tenían que entrar en el mercado. Sin embargo, jamás se había imaginado que acabaría usándolo él mismo.

El sacerdote que oficiaría la ceremonia tradicional, el *kahuna pule*, ya estaba allí esperándolos. El hombre, bajo y orondo, lucía una barba blanca como la nieve y llevaba la corona de *haku lei*. Ante él tenía una mesa lista con todo lo necesario para la ceremonia: la caracola, el *lei* de orquídea blanca, el *lei maile* y un cuenco de madera lleno de agua del océano y de hojas de *ti* para bendecir los anillos.

En un instante de pánico se llevó la mano al bolsillo de la chaqueta, pero de inmediato comprobó que no había olvidado los anillos. Esa mañana habían recogido su licencia matrimonial y se habían ocupado de todos los detalles legales en el despacho de Dexter. Después habían parado en una joyería para elegir dos alianzas sencillas. Lana había insistido en que ya se había gastado demasiado dinero y se negó en rotundo a que le regalara un anillo de diamantes.

Lo único que faltaba era que el *kahuna pule* oficiara la ceremonia y firmara la documentación; después, Lana y él estarían casados. La idea hizo que lo invadiera el pánico por un momento. Había intentado contener el miedo y centrarse en los detalles y los planes para la boda, pero de pronto estaba asumiendo la realidad.

Su familia lo mataría cuando se enterara, sobre todo Mano, y su *tūtū* Ani le arrancaría la oreja por el teléfono. Ojalá pudiera mantenerlo en secreto, pero ya que tenían que fingir que era una relación real, tendría que contarlo. Dexter le había advertido de que el Servicio de Protección de Menores no solo iría a su casa, sino que podría concertar entrevistas con familiares y amigos, lo cual significaba que todos tenían que creerse que eran un matrimonio en el sentido amplio de la palabra. Le parecía una crueldad para su familia, teniendo en cuenta que estaban ansiosos por encontrarle una esposa, y no quería que se hicieran ilusiones, porque probablemente en un breve espacio de tiempo se divorciarían. Tal vez con un poco de suerte podría contárselo solo a Mano y esperar a que pasara Año Nuevo para contárselo al resto de la familia.

—*Aloha*, señor Bishop —le dijo el sacerdote hawaiano.

—*Aloha* y *mahalo*. Quiero darle las gracias por venir, aun habiéndole avisado con tan poco tiempo de antelación.

—Siempre tengo tiempo para unir a una pareja enamorada. Su hotel es uno de mis favoritos para oficiar ceremonias.

Kal sintió un golpe de culpabilidad y eso que ese hombre era solo el primero de los muchos a los que iban a mentir para conseguir la custodia de Akela.

—Se lo agradezco.

—¿Tiene los anillos?

Kal se metió la mano en el bolsillo y sacó las alianzas.

—Sí. Aquí están.

—Muy bien. Empezaremos en cuanto llegue la novia.

Miró el reloj. Habían quedado a las cuatro y solo faltaba un minuto. Respiró hondo e intentó no preocuparse por la puntualidad de Lana. De todos modos, no tenía ninguna prisa por casarse, aunque sí que quería que todo pasara rápidamente.

—Ah, aquí está.

Kal se giró hacia la dirección que señalaba el *kahuna pule* y se le paralizó el corazón. Se quedó impactado al verla. Todo su cuerpo se tensó y sintió como si el esmoquin se le hubiera encogido dos tallas en la zona del cuello y en otros lugares que no debía mencionar.

Lana estaba… impresionante.

Tradicionalmente, las novias hawaianas llevaban un vestido blanco fluido de estilo *muumuu*, y en aquel momento se sintió extremadamente agradecido de que Lana hubiera optado por algo más moderno y favorecedor. El vestido largo de encaje blanco tenía un escote en V que acentuaba sus formas. Desde la cintura salían unas capas de organza que se movían con la brisa. Llevaba el pelo suelto sobre los hombros y una corona tradicional de flores de *haku*.

Desprendía dulzura y romanticismo y su imagen le hizo anhelar una noche de bodas que no llegaría a tener. Lana era posiblemente la novia más hermosa de la historia. No podía apartar los ojos de ella. Todo a su alrededor se desvaneció como si fuera lo único en el mundo, tanto que cuando el *kahuna pule* sopló la caracola para anunciar la llegada de la novia y convocar a los elementos para presenciar la ceremonia, Kal se sobresaltó.

Lana le sonrió mientras avanzaba hacia él, que le tendió una mano para ayudarla a subir los escalones. A pesar de su apariencia feliz, tenía las manos heladas. Se sintió aliviado al ver que no era el único que estaba nervioso.

—¿Estamos listos? —preguntó el *kahuna pule*.

—Sí.

—Muy bien. La palabra hawaiana para designar el amor es «*aloha*». Hoy nos hemos reunido para celebrar el especial *aloha* que existe entre tú, Kalani, y tú, Lanakila, y vuestro deseo de que vuestro *aloha* sea eterno por medio del compromiso del matrimonio. Como sabéis, la entrega de un *lei* es una expresión de *aloha*. Kal y Lana, intercambiaréis *leis* como símbolo de vuestro *aloha* mutuo. Cuando dos personas prometen compartir la aventura de la vida, es un momento precioso que recordarán siempre.

—Kal, por favor, coloca el *lei* de orquídea alrededor del cuello de Lana.

Lana agachó la cabeza para que se lo pusiera sobre los hombros.

—El círculo ininterrumpido del *lei* representa vuestro compromiso eterno y la devoción del uno por el otro. La belleza de cada flor individual no se pierde cuando entra a formar parte del *lei*, sino que se ensalza por la fuerza del vínculo. Lana, ¿puedes colocar el *maile lei* alrededor del cuello de Kal?

Kal la observó cuando levantó de la mesa la larga cadena de hojas verdes, y al ver que le temblaban las manos cuando la alzó sobre su cabeza, le guiñó un ojo para calmarla. Lo superarían juntos, porque eso era lo que hacían los amigos.

–Kal y Lana, vais a contraer matrimonio porque queréis estar juntos. Os estáis casando porque sabéis que creceréis más plenamente en felicidad y en *aloha* como compañeros de vida. Os perteneceréis por completo el uno al otro, en pensamiento, en corazón y en todo. Ahora, por favor, tomaos las manos y miraos a los ojos.

Kal le agarró las manos con fuerza. No sabía si era por la situación o por lo preciosa que estaba, pero de algún modo tocarla ahora era distinto. Sintió una inesperada emoción que lo recorrió como si fueran fuegos artificiales y de pronto lo invadió el aroma de su cabello y lo embelesaron el brillo de sus labios y la sedosa suavidad de su piel.

–Kalani, ¿quieres a Lanakila como esposa para tenerla y sostenerla de hoy en adelante, para bien o para mal, en la riqueza y en la pobreza, en la salud y en la enfermedad, y amarla con fidelidad hasta que la muerte os separe?

Kal tragó saliva y sintió la boca tan seca que apenas podía separar la lengua del paladar.

–Sí, quiero –logró decir finalmente.

Esa había sido la parte fácil. Ahora lo único que tenía que hacer era cumplir el voto imposible que acababa de aceptar.

***

El *kahuna pule* repitió los votos para Lana, pero ella apenas estaba escuchando. ¿Cómo podía oír lo que decía por encima del golpeteo de su corazón?

Había estado bien hasta que había empezado la ceremonia. Antes ya había sentido mariposas en el estómago, pero las había logrado ignorar mientras había tenido que concentrarse en otras tareas: encontrar un vestido, arreglarse el pelo, maquillarse. En el espejo de la suite no había dejado de repetirse que lo que iban a hacer no era por amor, sino por Akela, y que la ceremonia sería lo único real en todo ese matrimonio. Tal vez ahí estaba el problema, que mientras ahora miraba a Kal a los ojos y dejaba que calmara sus temblorosas manos, todo le parecía real. Demasiado real.

—Sí, quiero —respondió rápidamente ante la mirada expectante de los dos hombres y esperando que fuera la respuesta correcta.

Lo fue. El *kahuna pule* continuó con la ceremonia bendiciendo los anillos. Colocó la hoja de *ti* en el cuenco lleno de agua de mar. Después salpicó agua tres veces sobre el anillo y repitió la operación antes de entregarle a Kal el anillo más pequeño.

Kal repitió las palabras requeridas mientras miraba a Lana a los ojos como si no existiera ninguna otra persona en el planeta. Tenía una mirada pícara que ella reconoció y agradeció; estaba intentando calmarla actuando como si no estuviera nervioso. Pero lo conocía muy bien y sabía que a Kal no le había temblado el párpado derecho desde la inauguración del hotel.

41

–Lana, por favor, coloca el anillo en el dedo de Kal y repite conmigo.

Lana le puso el anillo y prometió estar con él hasta la muerte intentando que las dudas no la asaltaran. Solo tenía unos segundos para cambiar de opinión; después, sería legalmente la señora de Kalani Bishop.

«No es real», repitió para sí mientras el *kahuna pule* seguía hablando. No era la esposa resplandeciente de Kal, no estaba enamorado de ella y esa noche no se haría realidad la fantasía de la noche de bodas. Tenía que controlar su mente y su libido antes de que ambas se llevaran una buena decepción.

–Lana y Kal –continuó el *kahuna pule*–, os habéis jurado *aloha* eterno y os habéis comprometido a vivir juntos fielmente en legítimo matrimonio. Por la autoridad que me ha concedido el estado de Hawái, os declaro marido y mujer. Kal, puedes besar a la novia.

Ya estaban casados.

Y ahora que ya podía dejar esa preocupación de lado, de pronto Lana tenía una nueva: Kal se estaba acercando y la farsa entraría en el plano físico por primera vez. Repetir los votos era una cosa, pero la línea entre la amistad y el amor se iba a traspasar irrevocablemente.

Kal posó la mano sobre su mejilla y acercó los labios a los suyos. Lana se quedó sin aliento mientras el pánico amenazaba con apoderarse de ella. Estaba dividida entre desear ese beso más de lo que debería, temerlo y esperar poder convencer al sacerdote de que era auténtico. Sin más opción que seguir adelante, cerró los ojos e intentó relajarse.

Al instante sintió los labios de Kal contra los suyos,

presionándolos con delicadeza y suavidad, y no pudo contener el temblor y la energía que la recorrieron. Sin pretenderlo, su cuerpo estaba reaccionando a ese beso, y sin poder evitarlo, se puso de puntillas para acercarse más a él. Tenía las manos posadas contra su fuerte torso. El aroma de su colonia se entremezclaba con las flores tropicales y la calidez de su piel.

Nunca había llegado a entender por qué las mujeres se abalanzaban a sus brazos, cuando sabían que no podían tener una relación seria con él. Bueno, sí, entendía que era guapo, encantador y rico, pero constantemente las veía caer bajo su hechizo y perder la razón y el sentido común por él. Siempre había pensado que esas mujeres eran unas estúpidas porque, aunque su mejor amigo fuera un gran partido, no había motivos para perder la cabeza por él, y menos cuando no tenía ninguna intención de llevar sus relaciones más allá del dormitorio.

El dormitorio.

Sintió una punzada de deseo ante la idea. Por mucho que se recordaba que todo era una farsa, su cuerpo claramente la ignoraba y había decidido por sí mismo que, ya que se había casado, esa noche podría vivir un poco de acción junto a ese pedazo de hombre. Pero eso no sucedería.

Con las manos aún sobre su torso, lo apartó y terminó el beso. Habría sido suficiente para hacer oficial la ceremonia, así que no había por qué sobrepasarse, ¿verdad?

Cuando miró a Kal, él también parecía afectado por el beso. Tenía los ojos vidriosos y las pupilas dilatadas, y su piel parecía algo más sonrosada de lo habitual.

Bien. No era solo ella. Se sentiría como una idiota si se emocionaba tanto por un simple beso y él reaccionaba como si no fuera nada del otro mundo.

Suspiró y miró al *kahuna pule* para contenerse y no intentar volver a besarlo. Todo había sucedido tan deprisa que no se había preparado mentalmente para el cambio que sufriría su amistad.

–*Ho'omaika'i'ana* –dijo el *kahuna pule* con una amplia sonrisa–. Felicidades a los dos.

–*Mahalo* –respondió Kal dándole las gracias.

Durante los siguientes minutos los tres firmaron la licencia matrimonial y después el *kahuna pule* recogió sus cosas y se marchó dejándolos solos. Como marido y mujer.

Lana miró al océano un instante mientras intentaba asimilar lo sucedido. Era surrealista y por muchas veces que se pellizcara, seguiría estando casada.

–Creo que ha ido bien.

Lana se giró para mirar a Kal. Tenía las manos metidas en los bolsillos con una postura muy relajada y despreocupada, como si no acabaran de casarse hacía un momento. Tenía la misma sonrisa de satisfacción de siempre.

–Supongo. Estamos casados, así que eso es lo más importante.

Se le acercó y la miró enarcando la ceja.

–Por cierto, ese beso ha sido muy convincente.

Más convincente de lo que ella se habría imaginado, aunque no quería admitirlo.

–Somos muy buenos actores, ¿verdad?

La sonrisa de Kal se desvaneció. ¿Estaría decepcionado porque había pensado que podía derretirla con un beso? Tal vez, pero ella jamás le reconocería que la excitaba sin ni siquiera proponérselo. Si se enterara, se lo estaría recordando y burlándose eternamente. Aún se divertía recordándole aquella vez en la que ella había bebido demasiado y le había pellizcado el trasero.

—¿Y ahora qué?

Kal se encogió de hombros.

—Bueno, creo que la gente normal ahora se marcharía a disfrutar de una sesión de sexo salvaje para oficializar el matrimonio.

A Lana se le encogió el cuerpo entero solo de pensarlo. ¿Qué le pasaba? Nunca había tenido esa clase de problemas con él y ahora, en cambio, una boda que no debía significar nada le había despertado un intenso deseo por Kal.

—Aunque ya que eso no se contempla, propongo que nos cambiemos y salgamos a cenar. Mientras tanto, enviaré a alguien para que lleve tus cosas a mi casa.

—¿Tan pronto? Puedo hacer mis propias maletas.

—Seguro que sí, pero ¿por qué ibas a hacerlo? Para eso pago a la gente. Tienes que estar instalada y preparada mañana. Si el juez envía a algún trabajador social a casa para hacer alguna comprobación, no quiero que la casa esté llena de cajas de mudanza.

Tenía razón.

—Vamos. Te llevo al hotel para que te cambies y recojas algunas cosas. Después alguien se ocupará de embalar el resto.

—¿No quieres salir a cenar con nuestras galas de boda? —bromeó Lana sacudiéndose el vestido y haciendo que la tela flotara a su alrededor. Tener solo veinticuatro horas para encontrar un vestido le había complicado las cosas, pero en cuanto había visto ese modelo en el escaparate de la tienda de novias había sabido que era para ella. Por suerte, no había necesitado arreglos y había podido comprarlo directamente. Le encantaba.

Y a juzgar por cómo la había mirado Kal al llegar a la ceremonia, a él también le gustaba. Casi había podido sentir su mirada rozándole la piel.

—Podríamos —respondió él mirando la parte superior del vestido. Se aclaró la voz antes de añadir—: Solo lo he dicho porque pensaba que estarías más cómoda. Además, no querría que te mancharas con nada.

Lana sonrió. Por fin parecía estar tan incómodo como ella.

—Tienes razón. Me cambiaré. Es bonito, pero no es muy cómodo.

Kal asintió y alargó el brazo hacia ella.

—¿Me acompaña entonces, señora Bishop?

Se quedó paralizada al oír su nombre de casada. Señora Bishop.

—¿Te estás arrepintiendo, Lana?

—¿Qué?

Kal la acercó a sí y la miró con preocupación.

—Pareces… preocupada. He hecho esto porque era lo que querías, pero si has cambiado de idea, podemos romper la licencia y actuar como si nunca hubiera sucedido.

Una parte de ella quería decir que sí, pero en el fondo sabía que no podía. Tenía que hacerlo por Akela.

—No —respondió con firmeza—. He hecho lo correcto. Da un poco de miedo, pero es lo correcto. Muchas gracias por hacer esto por mí.

Kal sonrió y la abrazó.

—Por ti, Lana, hago cualquier cosa.

Capítulo Cuatro

Lo celebraron cenando *sushi* en su restaurante favorito en Kapalua. Cuando le dijeron a la camarera que estaban celebrando su boda, la mujer corrió a la pastelería que había al lado del local y compró un *cupcake* de vainilla porque en el restaurante no tenían postres.

Lana se sintió culpable por ello. Kal insistía en que debían celebrarlo y compartir la noticia con el mayor número de gente posible, pero ella se sentía incómoda haciéndolo porque implicaba que tendrían que mentirle a todo el mundo sobre su relación. Y mentir al juez y a los funcionarios no le parecía tan malo como mentir a su camarera favorita, a su familia o a sus amigos.

Cuando volvieron a casa, se quedó impresionada al encontrar que todas sus cosas ya estaban allí y prácticamente guardadas. En el vestidor de Kal ahora había un apartado grande dedicado a su ropa y sus zapatos, y en el cuarto de baño uno de los dos lavabos y un armario estaban ocupados por todos sus artículos de belleza. En la cocina había un par de cajas con algunas fotografías enmarcadas y unos cuantos libros para que los colocara donde prefiriera. Esa noche había pensado entretenerse instalándose, pero los empleados de Kal ya se habían ocupado de todo.

–¿Quieres ver la habitación de la niña? –le preguntó él.

—¿Qué quieres decir? —respondió con cara de sorpresa.

—Ya está lista. La tienda lo ha enviado todo esta mañana y he contratado al decorador de interiores que me decoró la casa para que viniera y lo preparara todo —le agarró la mano y la llevó a la habitación que, hasta ese momento, había albergado su equipo de gimnasia.

En la puerta colgaba una luna de felpa con el nombre de Akela bordado en hilo dorado. Con una amplia sonrisa, Kal la abrió. Su entusiasmo era contagioso y Lana no pudo evitar sonreír también cuando entraron.

Y entonces, se quedó paralizada. ¡Era increíble! La última vez que había entrado en esa habitación allí solo había máquinas de pesas y de cardio y un espejo enorme que recorría toda una pared. Ahora no quedaba nada de eso. Las paredes estaban pintadas de un tono gris suave y salpicadas por adhesivos con forma de estrellas formando constelaciones. La ropa de cuna tenía un estampado de lunas y estrellas y el móvil que colgaba encima tenía pequeñas estrellas también.

Además, había una cómoda, un armario y una mecedora a juego, y una lámpara de cristal. Al parecer, Kal había comprado más cosas de las que ella había visto. Era la habitación infantil más adorable que había visto en su vida y hacía juego con el resto de la lujosa decoración de la casa.

Allí también estaban la trona y el carrito, ya montados, y la silla del coche.

—Ya está todo listo para mañana. La silla la instalaré en el coche de alquiler por la mañana para que, con suerte, podamos traernos a Akela a casa directamente.

Al mirar a su alrededor, a Lana la embargó la emoción. Los últimos días habían sido muy tensos, pero en todo momento había tenido a su lado a Kal, que había ido demasiado lejos para ayudarla. Por eso, por mucho que intentó contenerlas, los ojos se le llenaron de lágrimas.

Kal la miró y, al verla, entró en pánico. Lana casi nunca lloraba.

–¿Qué pasa? ¿Es que no te gusta? Pensé que lo mejor sería una decoración neutra, que sirviera para niño y niña, ya que te dije que lo donaríamos todo.

–Es preciosa. Me encanta –se echó a sus brazos y se abrazó a su pecho. Él la sujetó con fuerza sin moverse ni apartarla lo más mínimo. Era una de las cosas que más le gustaba de Kal porque, aunque no era una mujer muy sentimental, de vez en cuando necesitaba un buen abrazo, y él siempre la abrazaba durante todo el tiempo que necesitaba. Nunca era el primero en apartarse.

Sin embargo, en esa ocasión algo fue distinto. La abrazó como siempre, pero tenía el corazón acelerado, parecía algo tenso. ¿La farsa de la boda habría echado a perder también sus abrazos inocentes? Porque ahora el abrazo no parecía tan inocente como de costumbre.

Finalmente se puso recta y lo miró. Intentó hablar, pero sus labios estaban demasiado cerca de los de Kal. Se vio tentada a besarlo al mismo tiempo que el cerebro le gritaba que retrocediera antes de que esa repentina atracción arruinara su amistad.

Y así, respiró hondo y sonrió.

–Gracias por todo, Kal. Es más de lo que podía haberme esperado. Eres increíble.

Kal esbozó una tímida sonrisa que le iluminó la mirada. Aún tenía la barbilla algo tensa, como si todavía estuviera conteniendo los sentimientos y sensaciones que los habían envuelto un instante antes.

–Te mereces todo esto y más.

No, no lo merecía, pero le agradecía que pensara así.

–A Akela le va a encantar –dijo Lana desviando el tema de conversación. Se apartó, rodeó la alfombra de rayas grises y blancas y fue hacia la puerta–. Eres demasiado eficiente, Kal. Pensé que me pasaría la noche montando una cuna o colocando mis cosas y ahora no tengo nada que hacer.

–No quería que tuvieras que hacer nada. Quería facilitarte las cosas todo lo posible. ¿Por qué lo dices? ¿Pasa algo?

–Nada –respondió. Giró bruscamente a la derecha para volver al salón y alejarse del dormitorio principal. No pasaba nada aparte del hecho de que era su noche de bodas y que, aunque sabía que no sucedería nada entre los dos, los nervios se estaban apoderando de ella–. Solo quería algo con lo que ocupar mi mente.

–Con suerte mañana tendrás un bebé que te la mantendrá bien ocupada. Esta noche tendrás que soportar el aburrimiento que supone estar casado conmigo.

Le sonrió y Lana sintió un cosquilleo por dentro. La boda no debía suponer más que un papel con el que contentar al juez, pero desde el beso de esa tarde las cosas habían cambiado entre los dos. Ahora cada roce, cada mirada, provocaban una reacción en su cuerpo cuando nunca antes le había pasado. Quería que todo eso cesara. La situación ya era bastante complicada sin tener que lidiar además con una repentina atracción por Kal.

Se dio la vuelta y miró el teléfono. Apenas eran las nueve. Demasiado pronto para irse a dormir, pero demasiado tarde para poner una película o algo así. Necesitaba un momento alejada de Kal, eso le vendría bien. Sin embargo, ahora que vivían juntos, no podía ir muy lejos.

Entonces recordó el jacuzzi que Kal había instalado en el dormitorio principal. Seguro que ni siquiera lo había estrenado.

—Creo que me voy a dar un baño en tu bañera nueva. Ha sido un día muy largo.

Kal asintió.

—Hay toallas limpias en el armario.

Lana desapareció en el cuarto de baño, cerró la puerta y apoyó la espalda contra ella en un intento de dejar al otro lado a Kal y a todos esos nuevos sentimientos. Respiró hondo y se alegró al comprobar que el aire del interior de la habitación no olía a su colonia.

Abrió el grifo de la bañera, se quitó la ropa y sacó una toalla del armario mientras se daba cuenta de lo extraño que le resultaba verse casada. Sin duda, una semana atrás no se habría imaginado encontrarse en esa situación. Y aunque no podía decirse que fuera un matrimonio de verdad y esa no fuera una noche de bodas de verdad, de algún modo su amistad con Kal parecía haber cambiado. Algo había cambiado, algo más que un simple documento legal.

Se metió en el agua caliente y sintió cómo los músculos se le relajaron al instante. Pulsó un botón y los chorros se activaron. Le masajearon el cuello y la espalda, obligándola a disfrutar del momento y a no preocuparse por todo lo que la esperaba al otro lado de la puerta.

Sin embargo, al cabo de un rato el agua empezó a enfriarse y los dedos se le arrugaron. No podía quedarse escondida en el baño para siempre. Tenía que ver a Kal y decidir cómo iban a dormir. Aunque al final del pasillo había una bonita habitación de invitados, probablemente tendría que compartir el dormitorio principal para guardar las apariencias. Todo el mundo, desde la niñera hasta la señora de la limpieza, tenían que creer que estaban casados, pero esa enorme cama de matrimonio no le parecía lo suficientemente grande para los dos.

Ya la habían compartido cuando se habían quedado dormidos viendo alguna película, pero la situación no había sido la misma.

Quitó el tapón de la bañera, salió y se envolvió en una esponjosa toalla blanca. Era un comportamiento infantil, pero estaba haciendo tiempo para evitar salir del baño. Se peinó, llevó a cabo el complicado tratamiento facial nocturno que rara vez se aplicaba, se cepilló los dientes, se pasó el hilo dental y volvió a colocar todos sus artículos de tocador tal y como le gustaba tenerlos.

Cuando no tuvo nada más que hacer, recogió su ropa y salió en dirección al dormitorio. Allí encontró a Kal tirado en la cama. Se había puesto unos pantalones de pijama y estaba tendido sobre un montón de cojines, leyendo.

Intentó no fijarse demasiado ni en los tallados músculos de su torso desnudo ni en lo guapo que estaba con las gafas de leer y, así, se dio la vuelta y fue hacia el vestidor, donde echó la ropa sucia al cesto y buscó un pijama.

Un pijama que la cubriera por completo, si es que tenía alguno así.

***

El vestidor de Kal era enorme, aunque no tanto como para que Lana se pudiera perder en él. Cierto, estaría buscando dónde le habían guardado sus cosas, pero ya habían pasado diez minutos y Kal empezó a preguntarse si saldría de allí en algún momento.

Notaba que las cosas habían cambiado entre los dos. En cuanto sus labios se habían rozado, fue como si algo se hubiera encendido en su relación. A pesar de que habían acordado que serían un matrimonio solo en un documento, una parte de él se preguntaba si eso sería posible. Haberla visto con ese increíble vestido de novia, haber sentido cómo se había rendido a su beso, haberla notado lo nerviosa que se mostraba ahora cuando estaban cerca… La atracción que había entre los dos no era fruto de su imaginación.

Ese beso había desencadenado algo que los dos se habían esforzado mucho por contener. Estaba seguro de que ambos tenían sus motivos para ignorar la tensión sexual que bullía entre los dos, pero ahora parecía casi imposible. Eso era exactamente lo que tanto había temido. La caja de Pandora se había abierto y ya no había modo de volver a guardar dentro las tentaciones que se habían liberado. Probablemente por eso Lana estaba en el vestidor cubriéndose con toda la ropa que encontraba. Aunque no le serviría de mucho, porque se conocía cada curva de su cuerpo; lo veía tres veces a la semana en el *luau*. Habían estado juntos en la piscina. Su mejor amiga… y ahora esposa… tenía pocos secretos para él, tanto físicos como de otro tipo.

Estaba a punto de ir a investigar su desaparición cuando la puerta se abrió y por fin salió del vestidor. Llevaba puesto menos de lo que se esperaba: unos pantalones cortos de franela y una camiseta de tirantes relativamente pequeña que se ceñía a sus curvas y dejaba poco a la imaginación, sin un sujetador debajo. Lana se quedó junto a la puerta del vestidor, incómoda, así que Kal volvió a centrarse en su libro.

—¿Lo has encontrado todo bien?

—Sí —respondió Lana acercándose a la cama. Apartó la colcha, se tumbó a su lado y se subió las sábanas hasta debajo de los brazos. En la mesilla de noche tenía su iPad; lo agarró y empezó a jugar con su juego favorito.

—Puedes cambiar de sitio todo lo que quieras si no te gusta cómo te lo han colocado.

—Estaba bien. Solo me ha costado decidir qué quería ponerme para meterme en la cama.

Kal colocó el marcapáginas y se apoyó el libro en el regazo antes de girarse para mirarla.

—No cambies por mí lo que te pondrías en condiciones normales. Quiero que te sientas cómoda aquí. Sé que la situación no es normal, pero ahora esta es tu casa también durante el tiempo que dure todo esto.

Lana lo miró y enarcó una ceja.

—Te lo agradezco, de verdad que sí, pero no creo que mi atuendo habitual fuera a ser apropiado.

—¿Por qué?

—Porque duermo desnuda.

A pesar de estar seguro de que no se había sonrojado en toda su vida, ahora Kal sintió cómo las mejillas le empezaban a arder. Debería haberse imaginado la respuesta. Él dormía en calzoncillos las noches más

54

calurosas y con pantalones de franela las más frescas. Lana vivía sola desde que la conocía, así que, ¿por qué no iba a dormir desnuda?

—Bu-bueno —tartamudeó—, pero puedes hacer lo que quieras. Los dos somos personas maduras. Si te sientes más cómoda así, te aseguro que no hay problema.

Lana arrugó los labios con gesto pensativo.

—Entonces, si me quitara la ropa ahora mismo, ¿te parecería bien?

Kal tragó con dificultad y agradeció que la colcha le cubriera el regazo.

—Totalmente.

—¿Y no te sentirías incómodo?

Él suspiró.

—Eres mi mejor amiga y ahora además eres mi esposa legalmente. Creo que no sería para tanto que te viera desnuda. No voy a perder el control ni a abalanzarme sobre ti.

Lana estrechó sus ojos almendrados.

—De acuerdo. Si de verdad piensas así... —se agarró la parta baja de la camiseta para quitársela por la cabeza.

Kal se quedó paralizado, sin aliento. Sabía que debía mirar a otro lado, pero no era capaz de moverse. ¿De verdad se iba a desnudar? Desde la ceremonia había estado más nerviosa que él, así que el hecho de que lo hiciera le parecía un paso muy atrevido por su parte.

Lana se detuvo y se dejó caer sobre la almohada con una carcajada.

—¡Ay, Dios mío! Deberías haberte visto la cara —dijo entre risas. Estaba sonrojada y tenía los ojos llorosos de la risa—. Pánico absoluto.

Había sido una broma. Kal agarró un cojín y le dio un golpecito en la cara, haciendo que ella dejara de reír y lo mirara.

–Qué mala eres.

–¿Ah sí? –Lana agarró otro cojín y se lo tiró. Al moverse, a él se le cayó el libro del regazo y el marcapáginas cayó al suelo.

Genial.

¡Era la guerra! Kal apartó la colcha, se puso de rodillas y agarró el cojín con fuerza. Lucharon durante varios minutos hasta que él logró quitárselo de las manos. Y entonces fue a por todas. Lana tenía muchísimas cosquillas, y él se iba a vengar.

–¡Ay, no! –gritaba Lana entre risas y lágrimas–. ¡Cosquillas no!

Intentó salir de la cama, pero Kal se sentó encima de ella y le sujetó los brazos.

–¡Te tengo! –gritó triunfante.

Lana se resistió durante un instante hasta que se dio cuenta de que había perdido la batalla. Estaba agotada del esfuerzo y apenas podía respirar de la risa. Fue en ese momento cuando Kal se fijó en cómo se movían sus pechos con la respiración contra el fino algodón de la camiseta. Tenía los pezones duros y se le marcaban a través de la tela. Apenas quedaba nada para la imaginación, prácticamente era como si estuviera desnuda directamente.

Tragó saliva y la miró a los ojos. En ellos ya no había una expresión de diversión, había algo distinto. Eso mismo que había visto después de que hubieran compartido su primer beso: una desconcertante mezcla de atracción, confusión y aprensión.

El juego de pronto había entrado en terreno peligroso.

Por primera vez en su vida, Kal no estaba seguro de qué hacer. Si fuera cualquier otra mujer la que estuviera en su cama mirándolo de ese modo, la besaría con locura, le quitaría la ropa y le haría el amor durante toda la noche.

Pero era Lana. Su esposa, Lana. Tenía sentido y no lo tenía al mismo tiempo.

Quería volver a besarla. El beso de antes había sido dulce e inesperadamente tentador y lo había dejado deseando más. Era su noche de bodas. Esperar un beso de su esposa no sería demasiado atrevido, ¿verdad?

Pero antes de que pudiera decidirse, Lana levantó una mano, coló los dedos entre el cabello de su nuca y le acercó la boca hasta que sus labios colisionaron con el impacto de una bomba atómica. Y ya que había sido ella la que había dado el paso, él dejó de lado sus dudas y la siguió.

No fue como el beso anterior. Este estuvo cargado de un deseo reprimido, de una atracción prohibida y de una abrumadora sensación de agotamiento que hacía imposible poder resistirse más. Él le soltó el otro brazo y ella lo acercó más a sí. Ya no parecía tener ningún tipo de dudas, y estaba preparada y dispuesta a tomar de él todo lo que quisiera.

Kal apenas podía respirar por la intensidad del beso, pero se negaba a apartarse; y cuando ella deslizó la lengua por sus labios pidiendo colarse entre ellos, él soltó un gemido de deseo que no pudo reprimir.

No recordaba la última vez que lo habían besado con tanta pasión. Tal vez nunca lo habían hecho. Había sospechado que su amiga sería una bomba en sus relaciones íntimas, pero tampoco era algo que se hubiera permitido pensar en profundidad. Ahora, sin embargo, mientras sus uñas rozaban sus hombros desnudos y sus pechos tocaban su torso, era lo único en lo que podía pensar.

Todos los nervios de su cuerpo se encendieron como luces de neón. Estaba excitado y palpitante de deseo después de tan solo un beso. Sentía cómo el autocontrol se le escapaba de las manos con cada roce de la lengua de Lana.

Si no daba un paso atrás ahora mismo, consumarían el matrimonio, y Lana había dejado muy claro que no tenía intención de que su matrimonio fuera más allá de un papel firmado. Sin embargo, estaban a punto de romper ese acuerdo tras solo unas cuantas horas juntos.

Finalmente se apartó y los dos se quedaron tumbados, jadeantes, mientras intentaban procesar qué acababa de suceder.

—Lo siento —dijo Lana al cabo de unos minutos. Se incorporó y se cubrió el rostro, sonrojado, con las manos—. No sé qué me ha pasado.

—No lo sientas. Yo tampoco estaba huyendo de ti exactamente —a pesar de estar apartándose, sentía cómo el deseo lo volvía a arrastrar hacia ella. Tenían que poner más espacio entre los dos—. Creo que tal vez por esta noche debería dormir en la habitación de invitados —se levantó de la cama y recogió el libro del suelo.

—Kal, no. No tienes por qué hacerlo. Ha sido culpa mía. No debería haber… —sacudió la cabeza—. Yo dormiré en la habitación de invitados. No pienso echarte de tu propia cama. Es una tontería.

Él alargó el brazo para detenerla.

—Ahora también es tu cama, Lana. Quédate. Insisto. De todos modos, creo que me voy a quedar un rato despierto. Voy a leer.

La expresión de Lana reflejaba sensaciones contradictorias. No quería que se marchara, pero los dos sabían que era lo mejor. Había demasiadas emociones revoloteando a su alrededor después del día que habían pasado. Al día siguiente tendrían que concentrarse en la vista con el juez y en conseguir la custodia de Akela, y para ello necesitaban dormir bien. Al menos Lana, porque él dudaba de que pudiera dormir, aunque tenía claro que estar separados era lo mejor por el momento, y Lana tampoco se lo discutió.

De modo que apagó la lámpara de su mesilla y fue hacia la puerta.

—Buenas noches, señora Bishop.

Capítulo Cinco

El juez Kona los miró a los dos, juntos de pie ante el tribunal, y ella le agarró la mano a Kal con todas sus fuerzas. Los nervios le estaban jugando una mala pasada, incluso a pesar de la reconfortante presencia de su amigo.

–Su abogado, el señor Lyon, ha presentado su moción para obtener la custodia temporal de Akela Hale, y parece que lo tiene todo en orden –dijo el juez mientras ojeaba los documentos que Dexter había presentado por ellos–. Tengo algunas preguntas que hacerles. Aquí dice que es usted el propietario del hotel Mau Loa Maui, señor Bishop. ¿Es correcto?

–Así es.

–¿La señora Bishop y usted viven en las instalaciones?

–Sí. Acabo de terminar la construcción de nuestra casa, que se encuentra ubicada en el complejo, pero en la zona más alejada del hotel. Tiene cerca de trescientos metros cuadrados y una habitación decorada y preparada para Akela.

El juez Kona asintió y volvió a mirar la documentación.

–Señora Bishop, usted trabaja en el hotel como coreógrafa. ¿Seguirá ejerciendo?

Lana respiró hondo y esperó dar una respuesta correcta.

–Sí, lo haré. De todos modos, es un trabajo flexible, y además estamos entrevistando a cuidadoras para que se ocupen de Akela en casa mientras los dos estamos trabajando, en lugar de llevarla a una guardería.

El juez hizo una anotación.

–Muy bien. Ahora, según tengo entendido, están recién casados. Llevar a un bebé a casa interrumpirá seriamente su luna de miel. ¿Lo han tenido en cuenta antes de tomar esta decisión?

–Sí, su señoría –respondió Kal–. Nos alegramos de poder tener la oportunidad de que Akela forme parte de nuestras vidas durante el tiempo que sea necesario.

–Señora Bishop, su hermana accedió a llegar a un acuerdo ayer. A cambio de su testimonio contra el señor Keawe y su distribuidor, se le va a reducir la sentencia a dos años de libertad condicional y a tratamiento obligatorio en un centro de desintoxicación. Si completa con éxito el programa de veintiocho días, podrá salir y le concederé la custodia de su hija. Todo ello significa que usted será la tutora durante un mínimo de tiempo. Si, por el contrario, abandona el programa, no supera alguno de los análisis toxicológicos obligatorios o incumple los requisitos de su libertad condicional, entrará en prisión durante un año. ¿El señor Bishop y usted están dispuestos a ocuparse de su sobrina en el caso de que sea durante más tiempo del planeado?

–Totalmente, su señoría –respondió con seguridad. Tal vez a Kal no le hacía mucha gracia que su vida se viera alterada durante un año o más, pero ella estaba dispuesta a hacer lo que fuera necesario por Akela.

El juez Kona los miró fijamente una última vez antes de firmar una de las páginas.

–Muy bien. Señor y señora Bishop, por la presente reciben la custodia temporal de su sobrina, Akela Hale. Los servicios sociales les harán visitas a casa sin previo aviso para asegurar el bienestar y la seguridad de la niña, además de hacer llamadas a las referencias que nos han proporcionado. Ahora, pueden ir a recoger a Akela.

El sonido del martillo contra el escritorio de madera resonó por la sala y Lana respiró profundamente por primera vez en media hora. Aliviada, se giró y abrazó a Kal.

–Gracias.

–De nada. Sabía que todo saldría bien. Ahora, vamos a por ella.

Dexter los acompañó hasta un despacho situado al fondo del pasillo. Lana creía que tendrían que ir a recoger a la niña a la casa de acogida donde había estado viviendo, pero la encontró allí, sentada en un banco del pasillo sobre el regazo de una mujer.

–¡Akela! –gritó corriendo por el pasillo.

La niña era completamente ajena a lo que sucedía a su alrededor, pero la mujer que la tenía en brazos vio a Lana acercarse y sonrió. Se levantó.

–Debes de ser su tía.

Lana asintió.

–Sí –se contuvo para no arrancársela de los brazos a la mujer que, por lo que parecía, había cuidado de Akela de un modo excelente. Su vestido azul y blanco estaba impoluto, y tenía el cabello bien peinado y adornado con una pequeña cinta blanca con un lazo. La bebé sonrió al verla y, al hacerlo, le enseñó su primer diente.

—Soy Jenny. He estado cuidando de este angelito durante los últimos días. Es muy afortunada de tener una familia que ha luchado tanto por conseguirla.

—Todo ha ido según lo planeado —dijo el abogado—. Solo nos falta firmar unos documentos y podréis llevaros a Akela a casa.

La mujer le entregó a la bebé.

—Si necesitas ponerte en contacto conmigo, tu abogado tiene mi número. Solo he tenido a Akela unos días, pero he cuidado a decenas de niños de acogida en los últimos años. Si tienes alguna pregunta sobre bebés, llámame con total libertad. Suele echarse una siesta a las dos de la tarde y, como le están saliendo los dientes, se pone un poco gruñona, así que buena suerte.

Lana abrazó a su sobrina.

—Puede que te llame. Sinceramente, sé muy poco de bebés, aunque así es como empiezan la mayoría de las mamás, ¿no?

Jenny sonrió y le dio una palmadita en el brazo.

—Absolutamente. Lo harás muy bien —le colgó del brazo la bolsa de Akela—. Todo lo que venía con ella cuando la recogieron los servicios sociales está en esta bolsa. En el bolsillo lateral hay un biberón preparado, por si le entra hambre antes de que lleguéis a casa.

—Gracias, señora Paynter —dijo Dexter antes de abrir el despacho del secretario y entrar con Lana, Akela y Kal.

Tenían que cumplimentar más documentación y formularios, pero ahora mismo Lana no podía concentrarse en eso. Que su abogado y su marido se ocuparan; ella solo podía pensar en el bebé que tenía en los brazos. No había sido fácil, pero había merecido la pena.

–¿Cómo estás, chiquitina? –le dijo con la voz que reservaba para los bebés y los animales.

Akela sonrió y le agarró un mechón de pelo con sus deditos regordetes.

–Ay, ay –exclamó Lana soltándole el pelo y dándole un beso en la mejilla. «Primera lección: no le acerques el pelo si quieres mantenerlo pegado al cráneo».

–Bueno, pues ya está –apuntó Kal–. Creo que es hora de irnos a casa. ¿Qué opinas, señorita Akela?

Juntos salieron al aparcamiento en dirección al Lexus todoterreno que Kal había alquilado.

–Toma –dijo Lana pasándole a la niña cuando abrió la puerta del asiento trasero, donde estaba instalada la sillita.

Una fugaz expresión de pánico cruzó la mirada de Kal.

–Bueno… –dijo recuperándose al instante–. La bebé va aquí. Esto se abrocha. Los brazos por aquí. Esto otro se abrocha. Y… –miró a su alrededor– ¡listo!

Lana hizo una comprobación para asegurarse de que todo estaba bien, aunque lo cierto era que ella tampoco sabía muy bien cómo funcionaba todo.

Subieron al asiento delantero y arrancaron.

–Bueno, lo hemos logrado –dijo Kal–. En unos pocos días nos hemos casado, nos hemos ido a vivir juntos y hemos conseguido la custodia de un bebé –se pasó los dedos por el pelo y suspiró–. ¿Y ahora qué?

Buena pregunta. A decir verdad, Lana no había desarrollado ningún plan. Solo había pensado en que necesitaba que su sobrina estuviera con ella, y ahora que eso lo habían conseguido…

–Supongo que ahora es cuando empezamos a vivir como el resto de las familias.

—Espero que sepas lo que significa eso, porque yo no. ¿Tenemos que pasar por la tienda? ¿Qué come un bebé de seis meses? Compré leche en polvo. ¿Ya toma comida sólida?

Lana se mordió el labio.

—No lo sé —agarró la bolsa que le había dado la mujer y rebuscó dentro. Encontró una caja de cereales de arroz y un par de tarros de puré de frutas y de verduras—. Aquí hay algo de comida. Suficiente para hoy, y mañana ya descubriremos qué le gusta.

Ahora que había pasado la preocupación de obtener la custodia, a Lana la invadió el miedo de no saber qué hacer.

—Por casualidad no comprarías también un libro sobre bebés, ¿verdad?

—No —respondió Kal con una sonrisa—. ¿Quieres decir que no vienen con manual de instrucciones?

—Lo dudo. Gracias a Dios que existe Internet.

—Bueno, no sé mucho sobre bebés, pero sí que sé una cosa —dijo Kal entre risas—: tenemos que entrevistar a una niñera cuanto antes.

El primer día fue mejor de lo que Kal había esperado. Lana, nerviosa, no dejaba de vigilar a la niña entre tomas de comida y lecturas en Internet. Él, por desgracia, tuvo que marcharse al hotel durante unas horas, pero cuando volvió a casa encontró que no se había producido ningún incendio, que la bebé estaba sana y salva y que Lana no se había dado al alcohol, lo cual era todo un éxito.

Estuvo jugando en el suelo con la niña durante una

hora mientras Lana se echaba una siesta en el sillón y después probaron la bañera que le había comprado. Nunca había visto nada igual: esa bañera pesaba al bebé, indicaba la temperatura del agua y tenía una zona donde posarlo sin que pudiera resbalar ni girarse. Akela lo pasó genial salpicando en el agua. No estaba seguro de hasta qué punto se había quedado limpia, pero estar un buen rato sumergida en agua jabonosa seguro que habría servido de algo.

Cuando terminó, la envolvió en una toalla y le puso un pañal limpio y un pijama con dibujos de ovejitas. La sentó en la mecedora en la cocina, le dio un biberón y pidió al servicio de habitaciones que les sirvieran la cena a Lana y a él.

Una vez Akela y Lana se habían quedado dormidas, agarró el teléfono y se lo llevó al despacho. Sabía que tenía que llamar a su hermano y que no podía retrasarlo más. Algunos de los empleados del hotel de Maui trabajaban con los de Oahu y, si a Mano le llegaba la noticia de que Kal se había casado y que tenía una niña, la cosa se complicaría mucho.

De momento quería ser discreto. Solo había señalado a su hermano como referencia, así que Mano era el único que necesitaba saberlo. Habían conseguido la custodia y, si todo iba bien, en un mes Akela volvería a casa y Lana y él podrían divorciarse discretamente. Si la situación se alargaba… bueno, al final tendría que contárselo al resto de la familia. Pero de eso ya se ocuparía si llegaba el momento.

Cerró la puerta del despacho, marcó el número de su hermano y se acomodó en la silla de piel. Se recostó, subió los pies a la mesa y contempló el paisaje. El sol se había puesto sobre el campo de golf, pero aún podía ver las luces del complejo en la distancia y un velero en el agua con el mástil iluminado.

–¿Sí? –respondió su hermano con voz soñolienta.

–*Aloha*, Mano. ¿Te he despertado? Solo son las ocho.

Mano se rio.

–Bueno, ya sabes que vivo una vida alocada. Paige y yo nos hemos quedado dormidos en el sofá viendo una película.

–¿Viendo una película?

Mano estaba ciego desde hacía una década.

–Sí, bueno, la estaba viendo ella, yo solo estaba escuchando. Era aburrida y nos hemos quedado dormidos. ¿A qué debemos el placer de esta llamada un simple miércoles por la noche? No sé nada de ti desde la fiesta de cumpleaños de *tūtū* Ani.

–Te estás convirtiendo en una anciana, Mano. Ya te quejas hasta de que no te llamo lo suficiente. Lo próximo que me dirás será que estoy demasiado delgado y que tengo que comer, como siempre dice la tía Kini.

–Eso es en lo que te convierte la vida doméstica. Paige y yo nos hemos pasado todo el fin de semana mirando casas. La semana que viene tenemos una ecografía y nos dirán si va a ser niño o niña. Centrarte tanto en la casa y en la familia te hace ver las cosas de otro modo.

Kal lo entendía perfectamente, aunque eso su hermano aún no lo sabía.

–¿Cómo se encuentra Paige?

La prometida de su hermano se había mudado de San Diego a Oahu. Aún tenía pendiente ir allí a cono-

67

cerla y se sentía mal por ello, pero el trabajo se lo había impedido, como sucedía con muchas otras cosas. Y ahora que tenía una esposa y una hija de las que preocuparse, suponía que le sería aún más complicado sacar tiempo para ese tipo de cosas.

Una esposa y una hija. Qué curioso, la idea no le incomodaba tanto como habría pensado. Por supuesto, se trataba de un matrimonio fingido y el bebé no era suyo, pero aun así, esas palabras se habían colado en su vocabulario con más facilidad de la esperada tras años resistiéndose a la idea.

—Está bien, aunque creo que la mudanza y tantas emociones la tienen agotada. Los tobillos se le hinchan por la noche, así que le doy masajes y le pido batidos al servicio de habitaciones. La tengo muy consentida, como tiene que ser.

—¿Qué vas a hacer cuando compréis una casa y no tengas servicio de habitaciones?

—Pedir comida para llevar —respondió Mano sin vacilar—. Creo que hemos encontrado una casa que le gusta. Mañana vamos a hacer una oferta. Tiene unas vistas espectaculares.

—¿Y tú cómo lo sabes? —Kal y Mano siempre habían intentado quitarle importancia a la discapacidad de su hermano, y por eso trataban el asunto con ese humor negro.

—Lo decía en la descripción, así que tiene que ser verdad. Además, Paige soltó un grito al salir a la terraza, así que supongo que serán bonitas, y el precio, sin duda, entra en la categoría de buenas vistas y playa accesible.

—Bueno, ya me irás contando. Iré a verla.

—Bien —Mano vaciló un instante antes de añadir—: ¿Y a qué se debe tu llamada? No sueles llamarme solo para hablar, hermano.

Mano tenía razón. No invertían mucho tiempo en ponerse al corriente de los detalles de la vida del otro.

—Te llamo porque tengo una gran noticia.

—Teniendo en cuenta que estoy hablando con mi hermano Kalani, excluiré de la lista de opciones cualquier tipo de compromiso romántico. ¿Has dejado embarazada a tu profesora de tenis?

Kal se mordió el labio. La noticia dejaría a su hermano totalmente impresionado. Mano sabía muy bien lo que opinaba del compromiso y las relaciones y cuando se enterara de que se había casado con Lana, ni más ni menos…

—Dejé el tenis hace dos años. Y, además, tenía un profesor, no profesora.

—Te estás dejando barba.

—¿Y eso te parecería una gran noticia?

—Nunca has llevado barba. No sé. Dímelo. No se me dan bien las adivinanzas.

—De acuerdo. Te lo diré, pero por el momento esto tiene que quedar entre nosotros. Lo que menos necesito ahora mismo es que la familia al completo se vuelva loca con el asunto.

—Hmm… —exclamó Mano pensativo—. Esto tiene buena pinta. Prometo que solo se lo contaré a Paige.

—He dicho que no se lo cuentes a nadie.

Mano suspiró.

—Tengo pareja, que me lo digas a mí es como decírselo a ella por defecto. Si Paige no lo puede saber, entonces no me lo cuentes. Me veo físicamente incapaz de ocultárselo. Prometo que no se lo contará a nadie, así que confía en mí.

—De acuerdo. Me he casado —dijo todo lo deprisa que pudo—. Y tenemos una niña de seis meses con nosotros en casa durante un tiempo.

Se produjo un largo silencio mientras Mano procesaba las palabras. Kal esperaba preguntas, exclamaciones cargadas de confusión, pero no hubo nada de eso.

—Siempre tienes que adelantarme en todo —se quejó Mano finalmente—. Me comprometo y te casas. Estamos esperando un bebé y tú apareces con uno que ya ha nacido. No puedes dejar nada para mí, ¿verdad?

—No estoy de broma, Mano. Lana y yo nos casamos ayer y hoy nos han concedido la custodia de su sobrina.

—¿Lana y tú? —preguntó alzando la voz con sorpresa. Mano había conocido a Lana cuando asistió a la gran inauguración del hotel de Maui. Sabía que eran muy amigos, pero ¿que se hubieran casado?—. Me dijiste que es una persona increíble y preciosa, pero creía que solo erais amigos.

Eso creía él también y, sin embargo, se habían casado, después se habían besado y ahora se cuestionaba todo sobre su relación.

—Es increíble y preciosa y una gran amiga. Es una larga historia.

—Además, siempre has jurado y perjurado que jamás te casarías.

Kal tensó la mandíbula. Era cierto, y seguía pensando lo mismo sobre el matrimonio y la familia, pero eso no podía decirlo.

—Me di cuenta de que quería más y ella también. Me

hizo cambiar de opinión y decidimos dar el paso antes de que uno de los dos se echara atrás.

Por mucho que quería contarle la verdad a su hermano, no podía arriesgarse a que nadie descubriera que el matrimonio era una farsa. Si perdían la custodia de Akela por mentir al juez, jamás se lo perdonaría, y Lana tampoco. Todo el mundo tenía que creerse la historia para que funcionara.

—¿Y qué tiene que ver el bebé en todo esto?

—Es de su hermana. Ya le había pedido matrimonio cuando nos enteramos de que iba a entrar en una clínica de rehabilitación y de que el padre está en la cárcel por venderle droga a un poli, así que seguimos adelante y nos casamos lo antes posible para poder obtener la custodia de la niña.

—¡Vaya! Casado, con una hija y con una cuñada en rehabilitación… Cuántas cosas están pasando en Maui.

Kal se rio.

—Ni te imaginas. Es mucha información para procesar, lo sé, pero quería contártelo para que te enteraras por mí y no por los empleados.

—Gracias. Ya sabes cómo les gustan los chismorreos. Me gustaría felicitarte, pero no estoy seguro de hacerlo. Como hombre recientemente enamorado, no capto en tu voz ese matiz que se suele asociar con el amor y el matrimonio. ¿Seguro que estás contento con lo que ha pasado? Me has pedido que no se lo cuente a nadie y me resulta extraño, tratándose de una noticia alegre. ¿No te habrá chantajeado nadie para hacer esto, verdad?

No exactamente, porque lo cierto era que había accedido a hacerlo sin dudarlo por Lana.

—Me he casado con Lana por voluntad propia, pero no quiero que la familia aparezca en tropel por aquí. Fue una ceremonia preciosa.

—Me alegro. Nunca pensé que fueras a casarte, pero ahora que lo has hecho, me alegro de que lo hayas hecho porque has querido. De todos modos, he de decir que estoy un poco decepcionado por haberme perdido ese gran evento. Estamos a menos de una hora de distancia. Paige y yo podríamos haber ido, ¿o es que formamos parte de ese tropel que intentas evitar?

Kal intentó ignorar el ligero tono de pesar en la voz de su hermano. Bromeaban tanto que costaba diferenciar si se estaba metiendo con él o si de verdad lamentaba haberse perdido la boda.

—Claro que no. Estuvimos solo los dos. Fue algo sencillo, no te has perdido nada. Seguro que tu extravagante boda eclipsará la nuestra.

—No tengo ninguna duda –dijo refunfuñando–. Paige no hace más que quedar con *tūtū* Ani para planearlo y organizarlo todo. Queremos celebrarla antes de que nazca el bebé, pero cada vez que se juntan, veo cómo la ceremonia y el presupuesto aumentan exponencialmente.

—¿Tenéis alguna fecha en mente?

—Creo que será el día de San Valentín y probablemente en la casa nueva. El jardín es bastante grande.

Tenía que anotarlo en su agenda. Era una época ajetreada en Hawái con todo el mundo desesperado por una escapada romántica en algún lugar que no estuviera cubierto de hielo y nieve. Se preguntaba qué le diría a su hermano cuando se presentara allí sin esposa ni bebé o qué les diría a todos los demás si finalmente aparecía con Lana y Akela. Era una relación con una duración inestable que hacía complicado el hecho de planificar cosas. No era para siempre. Era una farsa. Pero ¿durante cuánto tiempo fingirían? De eso no tenía la más mínima idea.

Si Mele no cumplía con su parte del trato y Lana obtenía la custodia durante meses, o incluso años, ¿esperaría que siguieran adelante con el matrimonio? No estaba seguro, pero sin duda eso complicaría las cosas. Sin embargo, teniendo en cuenta que solo llevaban dos días casados, optó por no preocuparse demasiado de momento.

—Bueno, te dejo tranquilo —dijo Kal finalmente, porque lo cierto era que no quería que Mano le preguntara por más detalles. En cuanto Paige se enterara, estaba seguro de que la prometida de su hermano empezaría a hacer preguntas que ni Mano ni él podrían responder.

—Que disfrutes de la luna de miel.

—Dalo por hecho —respondió Kal intentando sonar como un marido emocionado—. *Aloha* —añadió y colgó.

Y ahora que eso estaba hecho, tenía que enfrentarse a otra situación incómoda: volver a meterse en la cama con su mujer.

Capítulo Seis

Lana fue consciente del momento en el que Kal por fin se metió en la cama, ya pasadas las once, pero estaba demasiado cansada como para preocuparse. La bebé la había dejado completamente agotada. Se giró hacia el otro lado, se acurrucó contra las sábanas y volvió a quedarse dormida en un instante.

Parecía que solo hubieran pasado unos minutos cuando se giró para ponerse boca arriba y se encontró sola en la cama. Ahora el sol se colaba por las ventanas. Ya era de día. Miró el reloj. Eran más de las ocho. No se esperaba que Akela fuera a dejarla dormir tanto.

Se incorporó y miró la pantalla del vigilabebés para asegurarse de que funcionaba, pero estaba apagado. La habitación de la niña estaba lo suficientemente alejada como para no haber podido oírla llorar si hubiera olvidado accidentalmente encenderlo o si el aparato se hubiera quedado sin batería. Presa del pánico, apartó las sábanas y corrió por el pasillo hasta la habitación. Y cuando entró, para su sorpresa, la puerta estaba abierta y allí no había ningún bebé.

Entonces oyó el sonido de unas risitas y lo siguió hasta la cocina, donde encontró a Akela en brazos de Kal, vestido únicamente con los pantalones del pijama y preparando un biberón con una sola mano.

—Buenos días —dijo ella frotándose los ojos.

—Buenos días —respondió Kal—. Resulta que los cereales de bebé no son en realidad cereales. Bueno, sí lo son. Cuando son mayores puedes dárselos con una cuchara en forma de papilla, pero como no estamos seguros de que está comiendo aún, puedes añadirlos a la leche del biberón y así se espesa un poco y la sacia más. ¿Quién lo iba a decir?

Lana se cruzó de brazos y miró a Kal.

—¿Quién te ha dicho eso?

—Mi abuela.

Ella abrió los ojos de par en par.

—¿Le has contado a tu abuela lo de Akela? ¿Y también le has contado que nos hemos casado?

—No —le contestó mientras comenzaba a darle el biberón a la niña—. Le he dicho que te estaba ayudando a cuidar de tu sobrina y que encontramos los cereales en la bolsa, así que me ha dicho que es el mejor modo de dárselos si no estamos seguros. Me ha dicho que también podríamos probar con tarritos de comida suave para bebés e incluso con Cheerios.

Lana asintió mientras le hablaba y se preguntó si de verdad se había despertado o si se trataba de algún sueño extraño. No era un sueño y, aun así, los sucesos de la semana anterior habían culminado en un momento que no parecía real. Estaba casada, vivía con Kal y estaban cuidando de un bebé. Era todo lo que había querido siempre y, a la vez, no era nada. No pudo hacer más que quedarse allí parada en mitad de la cocina, estupefacta, mientras Kal daba de comer a Akela.

Ahora su vida se situaba en una especie de felicidad doméstica que, sin duda, era mucho mejor que vivir sola en la habitación del hotel. No obstante, no debería permitirse acomodarse mucho a la situación, porque era temporal. En cuanto empezara a gustarle la idea de estar casada con Kal y de tener una pequeña familia, todo se desmoronaría. No podía dejarse arrastrar por la fantasía que habían elaborado para el juez Kona.

—¿Te apetece un poco de café? Acabo de hacerlo.

—Claro —Lana sacó una taza del armario y se sirvió. Normalmente le añadía leche, pero hoy necesitaba una buena dosis de cafeína para enfrentarse sola a otro día de maternidad. No sabía cómo lo hacía la gente. Generaciones tras generaciones lo habían logrado, así que ella también podía, pero trabajar fuera de casa al mismo tiempo lo complicaría todo.

Apoyado en la encimera, Kal observaba cómo la niña se tomaba el biberón.

—Bueno, he llamado a la oficina de empleo para preguntar por una niñera.

¡Perfecto! Era como si le hubiera leído la mente.

—¿Cuándo pueden enviarnos a alguien? —odiaba parecer tan ansiosa, pero ya había perdido horas de trabajo. Jamás se había tomado un solo día libre, y no estaba acostumbrada a faltar a las actuaciones.

—Mañana nos enviarán a un par de candidatas.

—¿Mañana? Esta noche tengo actuación y mañana ensayo. Antes de que todo esto surgiera estábamos trabajando en un nuevo número del musical *South Pacific*. ¿Vas a cuidar de Akela mientras yo estoy en el hotel?

—Podría. O podríamos contratar a alguien para que la cuide esta noche, aunque tampoco creo que pase nada porque te quedes hoy en casa si te apetece estar con ella. Tal vez sería lo mejor para que se acostumbre a la nueva situación.

—Kal, me perdí el espectáculo el martes. No puedo perderme otro.

—Conozco a tu jefe –le dijo él con una sonrisa–. No te va a despedir.

—Muy gracioso.

—De acuerdo. Buscaré una niñera para que la cuide esta noche. Seguro que encuentro a alguien en el hotel que prefiera cuidar a un bebé antes que limpiar habitaciones o servir mesas.

Ahora se sentía mejor, aunque solo un poco. Era ella la que había insistido en obtener la custodia, ¿acaso había pensado que podía meter a la niña en un armario cuando estuviera demasiado ocupada para ocuparse de ella? Kal se había ofrecido a casarse, no a cuidar de un bebé. Ya estaba haciendo mucho más de lo necesario.

—Gracias. Trae, dámela. Sé que tienes que ir a ducharte.

Kal asintió y le pasó a la bebé.

—Te enviaré un mensaje cuando haya encontrado a alguien para esta noche. ¿A qué hora tienes que marcharte?

—No más tarde de las seis y media.

Kal se dirigía al dormitorio cuando de pronto sonó el timbre.

—¿Esperas a alguien?

—Nadie que yo conozca sabe que estoy viviendo aquí.

Él fue hacia la puerta y abrió.

—Hola. ¿En qué puedo ayudarla? –dijo al ver a una mujer en la puerta.

—Hola. Soy Darlene Andrews, del Servicio de Protección de Menores. Vengo a realizar una comprobación del entorno de Akela.

¡Vaya! No habían tardado mucho en ir.

Kal dio un paso atrás para dejarla pasar.

—Por favor, pase, señora Andrews. Estaba a punto de meterme en la ducha.

—Adelante, por favor —insistió la mujer, y señaló a Lana, que estaba de pie con Akela en brazos—. Puedo hablar con la señora Bishop mientras usted se prepara.

Kal la miró, estaba claro que no quería dejarla sola con esa mujer, pero Lana lo animó a marcharse. Tenían que disimular y aparentar normalidad y tranquilidad para no levantar sospechas.

—Ve, cielo. No quiero que llegues tarde al trabajo.

Él se marchó a regañadientes y Lana se giró hacia la mujer con una sonrisa.

—¿Le apetece un café? Kal acaba de prepararlo.

—Sí, gracias.

Fueron a la cocina y Lana le sirvió una taza.

—¿Hay algo en concreto que necesite ver?

—Ya que es nuestra primera visita, me gustaría hacer un rápido recorrido de la casa, sobre todo ver la habitación de la niña, para asegurarme de que tienen lo adecuado para ella. Después le haré unas breves preguntas y me marcharé.

—De acuerdo. Sígame y le enseñaré la habitación de Akela.

Cruzaron el salón y recorrieron el pasillo hasta la habitación. Lana abrió la puerta y entraron. Era imposible que la mujer no se quedara impresionada al verla; era la habitación de bebé más bonita de la historia. Sin embargo, la señora Andrews no mostró ningún tipo de reacción. Se limitó a tomar notas y a marcar recuadros de un formulario y, a continuación, examinó la cuna y el carro detenidamente.

—Muy bien. ¿Y dónde duermen el señor Bishop y usted?

—Estamos al otro lado del pasillo, aquí —se asomó antes de abrir del todo para asegurarse de que la puerta del baño estaba cerrada. Se oía el grifo de la ducha—. Disculpe el desorden, nos acabamos de levantar.

La señora Andrews prestó atención en particular a la cama deshecha donde quedaba claro que Kal y Lana habían dormido la noche anterior. Nunca pensó que fueran a fijarse en tantos detalles, y ahora se alegraba de no haber dormido en la habitación de invitados. Por otro lado, cabía la posibilidad de que la mujer simplemente estuviera mirando el vigilabebés y que ella estuviera paranoica. De cualquier modo, fuera lo que fuera, no podría saberlo.

Cuando volvieron al salón, se sentaron en el sofá.

—¿Cómo se están adaptando el señor Bishop y usted a cuidar de un bebé?

—Estamos aprendiendo, pero creo que vamos bien. Kal tiene una familia grande en Oahu y los hemos llamado para pedirles consejo y ayuda.

La señora Andrews asintió e hizo una anotación.

—Según el informe, le dijo al juez que tiene pensado contratar a una niñera mientras trabaja.

—Sí. Tenemos entrevistas programadas para mañana y tengo la esperanza de encontrar a la persona adecuada para ella.

—¿Será una cuidadora interna o a tiempo parcial?

Lana no tenía la más mínima idea.

—A jornada completa, pero en cuanto a si se quedará

viviendo con nosotros, depende. Aunque a veces tengo que trabajar por la noche hasta tarde, si Kal puede estar en casa no tendríamos ningún problema. Por otro lado, tener a alguien en casa las veinticuatro horas del día sin duda sería de gran ayuda, aunque creo que es algo que tendremos que discutir con la niñera. De cualquier modo, si fuera necesario, tenemos una habitación para invitados.

La mujer seguía tomando notas y Lana seguía sin saber si estaba diciendo o haciendo lo correcto. Besó a Akela en la cabeza, inhaló su dulce aroma a bebé e intentó no preocuparse.

Por fin, la trabajadora social la miró y sonrió.

—Creo que por ahora es todo lo que necesito. Akela parece estar muy bien y le han creado un bonito hogar. Si no estuviera al tanto de la situación, pensaría que es hija suya —guardó los papeles en su maletín, se levantó y le estrechó la mano—. Gracias por su tiempo.

Lana la acompañó hasta la puerta con Akela en brazos.

—Nos volveremos a ver —añadió la mujer con una sonrisa educada y distante.

Lana le sonrió y entró en casa.

Sí, seguro que se volvían a ver.

Era la primera noche que Kal había visto actuar a Lana desde que se había convertido en su esposa. Menos de una semana antes había estado exactamente en el mismo lugar y haciendo exactamente lo mismo, pero ahora todo era distinto.

Antes, cuando Lana había bailado sensualmente en

el escenario, había intentado con todas sus fuerzas no fijarse. Era su mejor amiga y su empleada, así que no le correspondía admirar ni el contoneo de sus caderas ni los músculos de su abdomen. Ahora, sin embargo, sí tenía cierto derecho a hacerlo.

El vibrante sonido de los tambores mientras ella movía el cuerpo hizo que un intenso calor le recorriera las venas. Cada atisbo de muslos que se vislumbraba entre las grandes hojas de la falda le hacían desear ver más. Quería deslizar las manos por la suave piel de su muslo interno y besar ese vientre que quedaba expuesto ante el público.

Solo imaginarse haciéndolo hizo que se le tensara todo el cuerpo. Estaba abrumado por el deseo por primera vez en su vida adulta, se sentía como un adolescente sobreexcitado deseando acariciarla. Las últimas noches había logrado no tocarla, pero no se imaginaba durmiendo de nuevo a su lado sin hacerlo.

El ajetreo diario y el cuidado de Akela lo habían mantenido distraído, pero ahora que las cosas se estaban calmando no podía ignorar esos pensamientos. El recuerdo de Lana vestida de novia y de aquel ardiente beso en la cama lo perseguía cada vez que tenía un momento libre. Y ahora que la estaba viendo bailar, se sentía al límite de perder el control.

Era lo que se había temido; era contra lo que había intentado luchar. Lana era todo lo que siempre había deseado pero no podía tener. Nunca le había interesado la idea del matrimonio, pero un matrimonio temporal no estaba tan mal. Casarse sabiendo que terminaría, que no habría falsas esperanzas para siempre, hacía que resultara mucho más llevadero, aunque hasta el momento lo más duro estaba siendo no poder disfrutar de los beneficios. Ese era su acuerdo; un acuerdo sensato al principio, pero que ahora empezaba a lamentar. Si Lana iba a ser su esposa en un documento, quería que también lo fuera en la cama.

Cuando el número terminó, Lana se reunió con él en el jardín. Se había cambiado de ropa, pero el vestido sin tirantes que llevaba ahora no lo ayudó mucho a calmarse; se ceñía a sus curvas y exponía las piernas que había estado admirando antes.

—¿Estás lista para irnos? Tenemos que relevar a la niñera.

—Cuando tengamos a una niñera fija, me sentiré más cómoda quedándome después de la actuación para darles algunas notas a los chicos. De todos modos, al público parece gustarle mucho el nuevo número de cante que hemos incluido al final.

Consciente de la gente que los rodeaba y deseando tener una excusa para tocarla, le agarró la mano.

—Venga, vamos a casa.

Una vez en casa, Kal pagó a la joven que había cuidado de Akela.

La niña estaba bien, durmiendo plácidamente en su cuna.

—Estoy agotada —dijo Lana mientras cerraban la puerta de la habitación de la pequeña para dirigirse a su dormitorio—. Creía que el trabajo de bailarina era muy duro, pero ser bailarina y cuidar de un bebé a la vez es masoquismo, y me quedo corta,

—Si te hace sentir mejor, eres una masoquista preciosa.

Lana ignoró el cumplido, se quitó las sandalias y se dispuso a bajarse la cremallera del vestido.

—Espera –dijo Kal quitándose la corbata–. Ya te ayudo.

Se situó tras ella y le rozó la piel al agarrar la cremallera. Lana se levantó el pelo y, al hacerlo, dejó expuestos su cuello y sus hombros desnudos. A Kal le recorrió un cosquilleo al bajar la cremallera, y al ver asomar el encaje de sus braguitas, sintió de nuevo el deseo que había estado intentando contener. Se le acercó más, hasta que su cálido aliento rozó los hombros desnudos de Lana.

Ella no se movió. Se quedó muy quieta, con la respiración entrecortada. Kal posó las manos sobre sus hombros y se deleitó con la sedosa piel. Quería tocarla más y rezaba por que ella se lo permitiera.

Lana se echó el pelo sobre un hombro y se dejó caer contra Kal. Cuando bajó los brazos, él sintió la tela del vestido caer al suelo, y una simple mirada a sus pechos desnudos bastó para desarmarlo.

—Lana… –dijo hundiendo los dedos en sus hombros. Esa sola palabra expresaba todo lo que necesitaba decirle: que la deseaba y que sabía que no debía. Que si pasaba un minuto más así, junto a ella, ya no sería capaz de apartarse.

Pero Lana no respondió. Le agarró las manos y se cubrió los pechos con ellas. Su suave gemido de placer quedó camuflado bajo el que emitió él cuando el peso de sus pechos recayó en sus manos.

A continuación, Kal le acarició los pezones y le besó un hombro; Lana tenía la piel cálida y olía a chocolate y a flores tropicales. Recorrió la línea de su cuello embriagándose con su aroma y le mordisqueó suavemente el lóbulo de la oreja hasta hacerla gemir.

—Kal —susurró ella arqueando la espalda hasta presionar su erección.

El movimiento le arrancó un gemido de lo más profundo de la garganta, un sonido que no se habría creído capaz de emitir. Lana era capaz de provocar algo dentro de él, algo primario que nunca antes había dejado salir.

Tenía la sensación de que si se dejaba llevar, no habría vuelta atrás. No quería hacerle el amor sin más, quería reclamarla como suya. Pero no tenía derecho a hacer eso. Ella no le pertenecía.

—La última vez me aparté, Lana. Lo hice aun sin querer porque creía que ambos nos arrepentiríamos. Y, aun así, aquí estamos otra vez. No creo que pueda apartarme dos veces.

Lana se giró y lo miró con unos ojos oscuros y almendrados que no albergaban ninguna duda ni preocupación, solo un ardiente deseo por él. Tal vez, después de todo, en ella también se había liberado algo nuevo y primitivo.

—Pues entonces, no lo hagas.

Si Lana sintió la más mínima duda sobre hacer el amor con Kal fue solo en ese momento, cuando él por fin se entregó al deseo y vio la pasión que se había desatado en él. Era un hombre grande y fuerte y se preguntaba si sería suficiente mujer para satisfacerlo.

Pero entonces la besó y todas sus dudas se disiparon. Su posesivo y potente beso y el firme deseo que sintió contra su vientre le demostraron que la deseaba únicamente a ella. Hundió los dedos en su pelo, acercándola a sí y negándose a soltarla. Y mientras, ella lo único que pudo hacer fue aferrarse a él y prepararse para lo que vendría a continuación.

Era algo que siempre había querido pero que había temido tener, y ahora que se le había presentado la oportunidad debía aprovechar al máximo cada segundo por si no volvía a suceder.

Kal hundió la lengua entre sus labios, intensificando el beso, exigiéndole más, y ella se lo dio encantada. Pero entonces, de pronto, se apartó. Por un momento Lana pensó que había recobrado la razón y que se marcharía, pero él no se movió. Tenía la respiración entrecortada y la estaba mirando fijamente mientras se quitaba la corbata y la chaqueta del traje. Ella, por su parte, estaba ahí de pie frente a él cubierta únicamente por las braguitas de color topo que llevaban bajo los trajes de baile. Nunca en su vida se había sentido tan expuesta, pero tampoco tan deseada.

Reconfortada y animada al sentirse tan deseada, se bajó la ropa interior bajo la mirada de asombro de Kal, que tenía la camisa a medio desabrochar. Y una vez estuvo completamente desnuda, se plantó las manos en las caderas y lo esperó, esbozando una pícara y atrevida sonrisa.

Él no tardó en terminar de desnudarse, y al instante se vio abordada por un muro de dura masculinidad que la fue empujando hasta tenderla sobre el colchón. Kal le cubrió el cuerpo con el suyo y comenzó a besarla de nuevo a la vez que acariciaba su desnudez.

Le encantaba sentir su peso sobre ella, presionándola contra el colchón, y esa insistente muestra de deseo contra su muslo. Separó las piernas y lo dejó acomodarse entre ellas mientras Kal le besaba el cuello, la clavícula y el esternón para finalmente tomar en su boca uno de sus pezones. Succionó con fuerza antes de acariciarlo con la lengua y la intensa caricia le provocó una sacudida de placer que fue directa a la zona más íntima de su cuerpo, que a su vez comenzó a palpitar con el insistente ritmo del deseo.

Como si Kal pudiera sentirlo, coló una mano entre sus muslos y la acarició ligeramente, una vez, dos veces; ella quiso gritar de placer, pero sabía que no podía arriesgarse a despertar a la niña. Y entonces los dedos de Kal se hundieron más adentro y en esa ocasión sí que le arrancaron un gemido. No podía dejar de mover las caderas contra su mano. Necesitaba las caricias de Kal. Necesitaba a Kal.

No estaba segura de cuánto más podría esperar. Agradecía que se estuviera tomando su tiempo para seducirla, pero ya estaba preparada para pasar al plato principal.

—¿Tienes…? —le preguntó con la voz entrecortada—. ¿Protección?

En lugar de responder directamente, él hundió un dedo en su interior, provocándole un suave gemido.

—Sí —respondió Kal lentamente, moviéndose dentro y fuera de ella—. ¿Estás segura de que quieres que vaya a buscarlo tan pronto? La diversión no ha hecho más que empezar.

Lana se mordió el labio mientras él seguía provocándola, tanto verbal como físicamente. Los músculos se le estaban tensando con chispazos de placer que no estaba segura de poder resistir.

—Ve —dijo entre dientes—. Ahora.

Kal esbozó una amplia sonrisa y apartó la mano.

–Sí, señora.

Se apartó a un lado de la cama y regresó al instante con un preservativo en la mano. Mientras, ella disfrutó de la imagen de esa larga y dura muestra de deseo. Abrió los ojos de par en par al verlo colocarse el látex. Kal estaba muy por encima de la media en todos los sentidos. Parecía que la situación se ponía cada vez más interesante.

Al momento, él ya volvía a estar entre sus piernas, pero en lugar de penetrarla, siguió acariciándola con la mano. Quisiera o no, Lana estaba reaccionando ante sus caricias y él ya la estaba conduciendo al éxtasis antes siquiera de que hubieran empezado.

–Aún no –dijo entre gemidos y alargando una mano para acariciarle la mejilla–. Contigo.

Él la miró fijamente y asintió en silencio. Se tendió sobre su cuerpo y, cuando Lana sintió la presión de su sexo, alzó las rodillas y se abrió a él.

–Por favor –le instó hasta que por fin lo sintió adentrarse en ella.

Fue despacio y Lana cerró los ojos para disfrutar de cada instante. Volvió a morderse el labio para contener un grito cuando Kal la agarró por la cadera para alzarla contra su cuerpo y que lo tomara por completo. Una vez estuvo hundido en ella, ambos dejaron escapar un gemido de placer.

Kal se apoyó en su codo izquierdo y la besó suavemente en los labios. Después, comenzó a balancearse dentro de ella. Todas las sensaciones que le había despertado antes volvieron con más y más fuerza y sus suaves gemidos sonaban como un coro constante en la brisa de la noche tropical.

Entonces Kal le soltó la cadera, se colocó la pierna de Lana sobre su hombro y la besó en la cara interna de la rodilla. Mirándola a los ojos, volvió a hundirse en ella otra vez. Lana no lo podía soportar. Se agarró a las sábanas hasta que no pudo contenerse más y su cuerpo se sacudió en un explosivo orgasmo. Se tapó la boca con la almohada para amortiguar los gritos y pronunció el nombre de Kal contra la tela mientras él seguía adelante con ese placentero asalto que estaba perpetrando sobre su cuerpo.

Él, por su parte, tampoco estaba muy lejos. Agarrándole la pierna con una mano y cubriéndole un pecho con la otra, se hundió en ella una última vez y se estremeció como si la intensidad de su orgasmo le estuviera succionando toda la energía que tenía. Después, se apartó y se dejó caer sobre la cama.

Lana se quedó allí tendida durante lo que le parecieron horas, cuando en realidad solo fueron minutos. No se podía creer lo que acababa de pasar. En lugar de disfrutar del momento, esperaba ansiosa la reacción de Kal. Ella no lamentaba lo que había pasado, pero una vez se le calmara la erección y la realidad hiciera acto de presencia, ¿se arrepentiría él de lo que habían hecho?

Estaba empezando a pensar que se había quedado dormido justo cuando Kal se giró hacia su lado, le echó un brazo por la cintura con actitud protectora y la acurrucó contra su cuerpo. Así, tan cerca de él, le resultaba más difícil preocuparse por nada. Y con su cálido aliento contra su cuello, se acomodó contra la almohada y se rindió al sueño.

Capítulo Siete

Por fin las cosas estaban volviendo a la normalidad en el mundo de Kal, o al menos volvían a la normalidad en lo que respectaba al trabajo. Había vuelto a la oficina y Lana ensayaba en el estudio de danza con su equipo y actuaba en los *luaus*. La niñera, Sonia, ya había empezado a trabajar con ellos. Era la quinta niñera que habían entrevistado y tenía muy buenas recomendaciones. Además, Akela se había encariñado de la mujer al instante, así que la elección había sido sencilla.

Aunque en un principio no habían buscado una niñera interna, al final lo habían acordado así y Sonia se había instalado en la habitación de invitados, situada al lado de la habitación de la niña y con baño propio, lo cual le proporcionaba a la mujer su propio espacio.

En casa las cosas no eran del todo igual. Al menos no desde la noche que se habían entregado al deseo. Echando ahora la vista atrás, no llegaba a entender cómo había sucedido, pero se negaba a lamentarlo por mucho que supiera que debía hacerlo. Era una noche que jamás olvidaría. Su mejor amiga, la que no se prodigaba en abrazos, se había entregado a él de un modo que nunca habría creído posible. O tal vez sí lo había imaginado y precisamente por eso siempre había mantenido las distancias.

Ya había terminado el trabajo del día y se decidió a volver a casa.

Si en circunstancias normales siempre solía quedarse unas horas más para dar una vuelta por el complejo y asegurarse de que los clientes estaban satisfechos, últimamente prefería marcharse directamente y deseaba que llegara el final de la jornada más que cuando era soltero. Porque ahora había alguien esperándolo en casa. Ahora tenía una casa llena.

Echaba de menos esos mofletes regordetes y esa sonrisita mellada mientras estaba en el trabajo. Esa debía de ser la razón por la que la gente ponía fotos de su familia en la mesa de la oficina. También echaba de menos a Lana. Habían pasado juntos más tiempo que nunca y, aun así, no le bastaba. Cuanto más tenía con ella, más quería. Y aunque podía resultar una senda peligrosa de seguir, estaba tentado a ver adónde le conducía.

No estaba seguro de lo que le esperaría esa noche al entrar en casa, pero lo que se encontró allí fue mucho más de lo que se podía haber imaginado.

La Navidad había llegado a Maui.

En el salón, frente al ventanal, se alzaba un enorme árbol de Navidad decorado con luces y adornos y coronado por una estrella plateada. Entre el árbol y la guirnalda de pino que pendía de la repisa de la chimenea, la casa estaba invadida por el fresco aroma del auténtico pino de Norfolk.

Cuatro calcetines colgaban bajo la guirnalda, uno para cada uno, incluyendo a la niñera Sonia. La mesita de café tenía un tapete decorado con motivos de flores de Pascua y cuencos con adornos y caramelos. Había luces y velas por toda la habitación y una alegre música navideña resonando de fondo.

Kal no supo qué decir.

Era su primera Navidad en esa casa, y con todo lo que había estado pasando no se había detenido a pensar mucho en las fiestas. Además, diciembre era un mes tan ajetreado en el trabajo que había estado más preocupado por decorar el hotel y agradar a sus clientes que por ocuparse de su propia casa. De todos modos, viviendo allí solo, ¿quién iba a disfrutarlo aparte de él?

–¡Ya estás en casa! –dijo Lana al salir de la cocina y encontrarlo boquiabierto en la puerta.

–Sí. ¿Es esta nuestra casa? Se parece a la nuestra, pero no lo es del todo. Ahora parece más el Polo Norte que Hawái.

–¿A que sí? –respondió Lana sonriendo.

–¿De dónde ha salido todo esto?

–De la tienda. Serán las primeras Navidades de Akela y quería que todo estuviera bonito. Y también son nuestras primeras Navidades juntos, así que pensé que a la gente le parecería raro que no decoráramos la casa al menos un poco. Y como esta tarde tenía algo de tiempo libre, he ido a la tienda y me he vuelto loca.

–Está genial –dijo Kal, y oyó las risitas de Akela saliendo de la cocina entre la melodiosa voz de Bing Crosby–. ¿Qué estáis haciendo?

–Galletas –Lana le agarró la mano y lo llevó a la cocina.

Akela estaba sentada en su trona con un biberón de zumo y Sonia sacaba una bandeja de galletas del horno.

–¿Son de pepitas de chocolate? –preguntó Kal. Se le estaba haciendo la boca agua.

–Sí –respondió Sonia–. Es la receta de mi abuela. También hemos hecho de chocolate blanco y nueces de macadamia, bolas de coco y dulce de leche.

–¡Vaya! –agarró una galleta que se estaba enfriando y se la metió en la boca. Era una delicia–. Me encantan las galletas.

En su familia habían celebrado mucho las fiestas, pero eran más de estilo tradicional hawaiano que navideñas. Siempre tomaban cerdo *kalua, lomi* de salmón y *haupia* de coco de postre, y Santa Claus, o Kanakaloka, llevaba chanclas de playa y su mejor camisa hawaiana.

No obstante, conocía bien la Navidad al estilo americano gracias a su padre, que había nacido y se había criado en Nueva York antes de unirse al ejército y acabar destinado en Hawái. Por muy feliz que estuvo siempre de haberse enamorado de una hawaiana y haber huido de una vez por todas de los terribles inviernos neoyorquinos, había echado algunas cosas de menos y había tenido por costumbre ir al economato militar a comprar artículos que no se solían vender en la isla, como galletas de jengibre y bastones de caramelo de menta. En los últimos veinte años la mayoría de esos productos habían ido introduciéndose en las tiendas, pero cuando Kal era pequeño todos esos dulces habían sido un capricho especial y su debilidad. Sobre todo las galletas.

–No sabía que te gustaran las galletas.

–¿A quién no le gustan? –respondió sirviéndose otra.

–Bueno, quiero decir que no sabía que te gustaran tanto. Cuando hemos salido a cenar, nunca has sido mucho de dulces ni de postres.

–Eso es porque en la mayoría de restaurantes no sirven galletas, y menos calentitas y recién hechas –agarró una tercera y Lana le dio un golpecito en la mano.

—No te pases.

Sonia se rio y siguió amasando.

Lana miró el reloj.

—Sonia, tu turno de trabajo debería haber terminado hace media hora. Hoy tienes la noche libre.

Al decidir que Sonia sería una niñera interna, habían acordado que tendría libres los sábados enteros y los miércoles por la noche. Ya que ninguno de esos días se celebraban *luaus*, tanto Lana como Kal podían estar en casa.

Sonia miró el reloj de la cocina sorprendida y se limpió las manos en el delantal.

—¡Es verdad! Esta noche tengo club de lectura. Será mejor que me prepare y me marche o llegaré tarde. ¿Os importa si me llevo un poco de dulce de leche para mis compañeras?

—En absoluto.

Una vez solos, Kal y Lana recogieron la cocina y guardaron las galletas en recipientes.

—Esas galletas están increíbles, pero creo que necesito cenar algo más.

—Es verdad. También es hora de que Akela cene. Si le das un puré, yo mientras echaré un ojo a la despensa para ver qué puedo preparar para nosotros.

—¿Vas a cocinar? —le preguntó sin ocultar su sorpresa.

Lana se cruzó de brazos y Kal no pudo evitar fijarse en el modo en que echó a un lado la cadera y la camiseta se le tensó sobre los pechos con el movimiento. Aunque la había visto actuar con mucha menos ropa, verla así era aún mejor. Le gustaba verla en su faceta más natural, con sus curvas de mujer evidentes pero ocultas como un tesoro que deseaba descubrir otra vez.

—Observa y verás —respondió ella antes de girarse hacia la nevera.

Kal se mentiría a sí mismo si dijera que no le gustaba verla también en su faceta de esposa: por la casa, con el pelo recogido en un moño desaliñado y el rostro sin maquillar. En la cama, con las mejillas sonrojadas y los ojos vidriosos de deseo.

Cuando Lana se agachó para mirar en la nevera, los pantalones de yoga que se había puesto por la mañana al terminar los ensayos marcaron y resaltaron esas caderas que la madre naturaleza parecía haber tallado para que él pudiera acariciar. Aún podía sentir la seda de su piel contra sus manos, invadidas por un cosquilleo ante el recuerdo de las caricias que le habían prodigado.

La situación entre los dos se había vuelto algo incómoda desde que habían tenido relaciones. Habían intentado ignorarlo y les había resultado sencillo cuando tenían una niña a la que atender y un trabajo que cumplir. Pero no quería que fuese así. No sabía cuánto duraría esa situación, pero quería lo mejor de los dos mundos: un sexo increíble y la amistad que habían tenido antes. Le parecía que tenía sentido que disfrutaran de los placeres físicos porque, al fin y al cabo, ¿no estaban casados? No tenía por qué afectar a su amistad.

Tal vez esa noche, cuando Akela estuviera dormida, podrían hablar del asunto. Y tal vez, si tenía suerte, ella le dejaría volver a hacerle el amor.

Lana debía admitir que tener a Sonia con ellos suponía una gran diferencia. Se sentía mejor mientras estaba en el trabajo y por las noches no se quedaba dormida agotada en cuanto posaba la cabeza en la almohada. Ahora, tras un baño, era la bebé la que se había quedado profundamente dormida en cuanto la había tendido en la cuna.

—¿Le ha costado dormirse? —le preguntó Kal cuando volvió al salón.

—En absoluto. Ya está dormida. Entre lo mucho que la entretiene Sonia y juega con ella durante el día y el baño de lavanda, ha caído rendida.

—Ven, siéntate conmigo.

Lana tenía pensado recoger la cocina tras la cena, pero no hizo falta mucho más para convencerla de que lo dejara para más tarde. Kal estaba sentado en el sofá junto a la chimenea de gas. Sí, resultaba algo extraño necesitar una en Hawái, pero con las luces de Navidad titilando y las velas encendidas, le daba un poco de ambiente al salón.

Kal se había quitado el traje y ahora llevaba unos vaqueros y una camiseta de surf que, a juzgar por el modo en que se le pegaba a los hombros y a los brazos, debía de haber comprado en su época de instituto. Con sus trajes de ejecutivo estaba guapo, pero que se pusiera los vaqueros significaba que había llegado el momento de olvidarse del trabajo y divertirse y esos eran los ratos que más disfrutaba a su lado.

Se sentó junto a él y aceptó la copa de vino que le ofreció.

—La casa está preciosa. En serio. Me he gastado una fortuna en un decorador de interiores y llegas tú y en un solo día haces que esta casa parezca un hogar más que nunca.

—Gracias —respondió ella sorprendida—. Me alegra que te guste. Son solo unas cuantas cosas. No quería invadirte la casa con adornos, pero sí quería preparar una Navidad bonita para Akela.

—También es tu casa, Lana. Si quieres decorarla entera, te daré la tarjeta de crédito para que te vuelvas loca en la tienda. Es una ocasión especial.

Lana intentó ignorar el comentario. Ambos sabían que el suyo no era un matrimonio real, que ni los votos que habían pronunciado ni el sexo habían cambiado nada.

—La verdad es que entre las luces y la chimenea resulta muy romántico. Es una pena que no hayas colgado una ramita de muérdago —añadió Kal echándole un brazo sobre el hombro.

Lana se tensó. Al parecer, tendrían que mantener esa discusión que habían estado evitando desde que se habían acostado juntos. Si Kal tenía la sensación de que iba a volver a suceder, se equivocaba. En aquel momento se había dejado llevar por la situación, había caído en el hechizo de la fantasía que habían elaborado para guardar las apariencias, pero no podía permitir que continuara. Conocía su corazón y sabía que podía enamorarse de Kal y que, a la larga, eso solo le causaría dolor. Porque aunque pudiera desearla físicamente, no quería ningún compromiso real.

—No creo que el muérdago sea la mejor idea, Kal.

—A veces las peores ideas son las más divertidas, Lana.

Lana se giró para apartarse del brazo que la estaba acurrucando contra él.

—Kal… lo de aquella noche fue…

—¿Increíble?

—Un error. Esta farsa con tantas complicaciones físicas está empañando nuestra amistad.

—¿Complicaciones físicas? ¿Qué pasa por un orgasmo o dos entre amigos?

—Hablo en serio, Kal. Puede que seas el maestro de las relaciones sexuales sin compromiso, pero nuestra amistad es importante para mí y no quiero que se vea perjudicada.

Kal se puso muy serio y le acarició la mejilla.

—Lo último que quiero en este mundo es hacerte daño, Lana. Si no te sientes atraída por mí…

—No he dicho eso.

—Entonces, sí te sientes atraída por mí —señaló con una pícara sonrisa que le iluminó los ojos.

Lana suspiró. La conversación no estaba yendo tal como se había esperado. ¿En serio Kal se sentía atraído por ella? No se lo podía creer.

—Esa no es la cuestión.

—A mí me parece que sí, Lana. Escucha, sé que no somos compatibles a la larga, que queremos cosas distintas de la vida y de las relaciones, pero esta es una oportunidad especial que se nos ha concedido para que disfrutemos de nuestro tiempo juntos. Estamos casados y podríamos aprovecharnos de algunos beneficios. Además, creo que eso se trasladará fuera del dormitorio y hará que nuestra relación parezca más auténtica a ojos de los demás.

—¿Y qué pasará cuando se termine?

—Cuando se termine, se habrá terminado. Tú vuelves a seguir a buscando a tu alma gemela y yo recupero mi corona como el soltero más deseado de Maui.

Lana sacudió la cabeza. Sabía que después de haber estado con Kal no querría buscar a ningún otro hombre.

–¿Entonces nuestra relación vuelve a ser como era antes, sin más? Me parece imposible.

Kal suspiró y la atravesó con la mirada.

–Lana, en el momento en que me propusiste matrimonio, nuestra relación cambió y nunca volverá a ser como era. Cuando nos casamos, cuando nos besamos, cuando nos acostamos… todas esas cosas lo cambiaron. Pero no pasa nada. Las relaciones no tienen por qué ser estáticas. Evolucionan. Podríamos disfrutar de cómo es nuestra relación ahora mismo porque en el futuro evolucionará a otra cosa. No es ni mejor ni peor, la vida es así, sin más. Y no, cuando acabe toda esta farsa no te voy a ofrecer ese futuro que tanto deseas. Algún día lo encontrarás, porque te lo mereces, pero ambos sabemos que no será conmigo. Me conoces mejor que nadie, así que sabes muy bien lo que te puedo ofrecer y lo que no. ¿Por qué no podemos disfrutar de nuestra amistad tal como ha evolucionado ahora? ¿Por qué no podemos deleitarnos con lo físico mientras dure?

La tenía casi convencida. En teoría, sonaba bien. Mantener las emociones al margen sería complicado, pero tal vez podría hacerlo.

–Lana, no me puedes decir que en todos estos años de amistad nunca has sentido la más mínima curiosidad por saber cómo sería hacer el amor conmigo. Yo seré sincero y te diré que sí he pensado en ello. Mucho.

–¡Kal!

–Estamos siendo sinceros. Dime que nunca has fantaseado conmigo, ni una sola vez.

Lana intentó no ruborizarse bajo su ardiente mirada. Por supuesto que había fantaseado con él, aunque no estaba dispuesta a admitirlo.

—No puedo. Sabes de sobra que no puedo decir eso.

—De acuerdo. Entonces dime que no disfrutaste la otra noche.

—Sabes que eso tampoco lo puedo decir —era totalmente evidente que lo había pasado bien. Si no le hubiera preocupado despertar a la niña, habría gritado hasta hacer que la casa se viniera abajo.

—De acuerdo —respondió él acariciándole el brazo y provocando que la recorriera un escalofrío—. Entonces, vamos a dejar de preocuparnos y a hacer lo que nos apetezca. Y si eso significa hacer el amor cada noche… que así sea.

Sin duda, era una oferta muy tentadora. La idea de pasar las próximas semanas conociendo cada centímetro del cuerpo de Kal era un beneficio que no se habría esperado. Tal vez no fuera lo más sensato, pero sí tentador.

—Te estás esforzando mucho para intentar convencerme de que vuelva a acostarme contigo, Kal.

Él esbozó una sonrisa.

—Me estoy esforzando mucho más de lo que normalmente necesito, te lo aseguro.

—Bien. Debería ser siempre así. Lo de tener a todas esas mujeres cayendo rendidas a tus pies no hace más que hincharte el ego.

—Pero tú siempre estás ahí para ponerme los pies en la tierra. Y lo cierto es que me resulta excitante. Casi todo lo que tiene que ver contigo me excita —le dijo hablándole con la mirada cargada de deseo.

Ella jamás pensó que Kal pudiera llegar a mirarla de

ese modo y, sin embargo, ahí estaba, hablando de ella como si fuera una especie de diosa del sexo.

–¿Qué te parece si nos vamos a la habitación y te ayudo a entrar en la lista de niños traviesos de Santa Claus?

–Hmm… –dijo pensativa mientras deslizaba una mano por su mejilla y la bajaba hasta sus bíceps–. La oferta suena bien, pero tengo una mejor.

–¿Cuál? –preguntó él con gran interés.

–Yo he cocinado esta noche, así que te toca limpiar la cocina. Así funciona el matrimonio. Y cuando termines, entonces tal vez… –dijo con tono seductor recorriéndole el labio inferior con el pulgar– dejaré que te ganes un poco de carbón para guardarlo en tu calcetín.

Kal la rodeó por la cintura y la sentó en su regazo.

–¿Y si primero nos ganamos el carbón y luego limpio la cocina? ¿De verdad importa el orden?

–Supongo que no –contestó Lana con una sonrisa.

Rápidamente, Kal se levantó del sofá y la llevó en brazos al dormitorio. Ella se agarró a su cuello y hundió la cara en la suave camiseta mientras recorrían el pasillo. El perfume de Kal atravesaba la tela y, en cuanto llegó a sus pulmones, todo su cuerpo se encendió.

Estaba preparada para él. Por mucho que se hubiera resistido mentalmente, su cuerpo estaba listo para recibir lo máximo posible de Kal antes de que todo terminara. Tenía los pezones duros, rozando contra la camiseta, ansiosos porque él los tocara. Y cuando la miró y le sonrió, se derritió por dentro. Una sola vez con él había bastado para entrenar su cuerpo, y ahora ya estaba preparada sin ni siquiera necesitar un beso.

La sentó al borde de la cama y ella no tardó en quitarse la camiseta. Y así, en silencio y rápidamente, se desnudaron. Kal se apartó de la cama lo justo para cerrar la puerta por si Sonia volvía antes de lo esperado y al instante estuvo otra vez a su lado. La llevó hacia sí y gimió cuando su firme miembro rozó el muslo de Lana. Por un momento se detuvo, sin apenas respirar, para asegurarse de que no había despertado a Akela. Y cuando vio que todo estaba en orden, la besó para contener cualquier otro sonido que pudieran emitir.

Lana contuvo un gemido mientras Kal se adentraba en ella, y cuando él se giró y se tendió boca arriba, se le sentó encima. Al instante, Kal la acercó a su torso y comenzó a moverse lentamente bajo ella.

Bajo la luz de la luna y con el sonido de sus respiraciones entrecortadas resonando en sus oídos, sus cuerpos se movían despacio, juntos, se tensaban y flexionaban. Lana sintió que Kal se acercaba al clímax al notar el latido más acelerado de su corazón y la presión de sus dedos en sus caderas. Posó la cara en su cuello y a punto estuvo de llorar por las oleadas de placer que la empezaban a recorrer. Kal hundió suavemente los dientes en su hombro, aguantando, conteniéndose, pero el orgasmo de Lana acabó por arrastrarlo a él también.

Al momento, Lana se tumbó en su lado de la cama y tomó aire. Incluso a pesar de haber sido así de fugaz, hacer el amor con Kal había resultado increíble.

Estaba a punto de quedarse dormida cuando lo vio levantarse y vestirse.

–¿Adónde vas?

–Un trato es un trato. Voy a limpiar la cocina. Y cuando termine, volveré con un tarro de galletas de chocolate.

–¿Y qué vas a hacer con un tarro entero? –acabaría vomitando si se las comía todas.

–Aún no lo sé, pero incluso aunque lo único que haga sea cubrir tu precioso cuerpo desnudo con ellas, lamer chocolate derretido de tus pezones e ir desnudándote comiéndolas una a una, será el mejor banquete que me haya dado nunca.

Capítulo Ocho

«Tienes que venir a casa. Ahora».

Kal frunció el ceño al ver el desconcertante mensaje que acababa de enviarle Lana.

«¿Está bien Akela? ¿Han vuelto ya los servicios sociales?».

«Todos estamos bien, pero tienes que venir para que veas quién está en casa. Nota: y esta vez no son los servicios sociales».

Kal se guardó el móvil en el bolsillo y salió del despacho.

–Me marcho a casa –le dijo a Jane, su ayudante–. Ha surgido algo. No creo que vuelva hoy.

–¿Va todo bien, señor?

–Creo que sí. Al parecer, una visita inesperada.

Subió a su descapotable y solo tardó unos pocos minutos en hacer el trayecto a casa. La intriga lo estaba matando, pero tampoco encontró muchas pistas al llegar. En la puerta solo estaban el coche de Sonia y el todoterreno alquilado. Fuera quien fuera, había ido en taxi.

Y entonces, al cruzar la puerta, lo descubrió. Ahora todo tenía sentido.

Su hermano había volado hasta allí desde Oahu.

Mano estaba sentado en el sofá con Hōkū, su perro guía, a su lado, y una mujer embarazada con el pelo largo castaño tenía a Akela sobre su regazo y jugaba con ella. Sonia se mantenía en un segundo plano como si no quisiera entrometerse en la reunión familiar pero al mismo tiempo sin querer desatender su deber. Y después estaba Lana, que se giró para mirarlo con expresión de puro pánico.

—Cielo —dijo con un tono extremadamente dulce que nunca había empleado con él—, mira quién ha venido a pasar la Navidad con nosotros.

Faltaban tres días para Navidad y eso significaba que no estaban simplemente de visita y que iban a alojarse en casa.

Kal intentó no mostrarse demasiado consternado por su llegada y disimuló con una sonrisa diciendo:

—¡Vaya! No sabía que ibais a venir a pasar las Navidades. ¡Qué sorpresa! Si me lo hubierais dicho, os habría reservado la mejor suite del hotel.

Todos se levantaron para saludarlo.

—Casi logras que me lo crea —le dijo Mano en voz baja mientras lo abrazaba—. Y claro que no te he avisado. Quiero estar aquí en tu casa nueva para conocer a tu mujer y a tu sobrina, no metido en ese aburrido hotel.

Su hermano había utilizado la excusa de la Navidad para ir hasta allí y espiarlo. Muy astuto.

—Mano, ¿ya conocías a Lana, verdad?

Mano se giró y Lana se acercó para estrecharle la mano.

—Me alegro de volver a verte.

El joven se rio y la abrazó diciendo:

—En esta familia no nos damos la mano. Será mejor que te acostumbres antes de que conozcas al resto. Felicidades a los dos. Nunca me dijo que lo vuestro fuera en serio.

—Bueno, tú mejor que nadie sabes que el amor puede ir muy rápido. En dos semanas Paige y tú pasasteis de ser unos desconocidos a ser amantes y a estar comprometidos. Y ahora, ¿me vas a presentar a la encantadora mujer que, supongo, es tu prometida?

—Por supuesto. Os presento a Paige Edwards.

Paige le entregó la niña a Sonia y sonrió a su nueva familia. Era alta y delgada y parecía nerviosa. Su mirada tenía un brillo que Kal inmediatamente identificó con amor hacia su hermano y eso le bastó para desear conocerla mejor.

—¡Qué alegría poder conocer por fin al hermano de Mano y ahora también a su cuñada! Habla mucho de ti.

—Ah, ¿sí?

Mano posó una mano sobre el vientre abultado de su prometida.

—Y, tal como nos aseguraron ayer, ella es nuestra hija, Eleu Aolani Bishop.

A Kal le agradó que le hubieran puesto el nombre de su madre como segundo nombre.

—Hay mucho que celebrar —dijo—. Si me hubierais dicho que ibais a venir, habríamos preparado comida y tendríamos champán en la nevera.

En casa no tenían mucho más que algún que otro tentempié y comida para bebé, pero por suerte disponían de otra habitación de invitados y tenían servicio de habitaciones al alcance de la mano.

—Lo siento, Kal —dijo Paige—. No me gustaba la idea de venir sin avisar, pero Mano insistió en que es algo que los dos hacéis siempre.

—En realidad no lo hemos hecho nunca —respondió Kal con una sonrisa.

—¡Mano, me has engañado! —exclamó Paige dándole un golpecito en el brazo.

—No pasa nada, de verdad. En Navidad, cuantos más, mejor, ¿verdad? —añadió mirando a Lana.

—Por supuesto. Justo la otra noche le hablé de la ilusión que me hacía celebrar la primera Navidad de Akela y la nuestra como marido y mujer, y si estáis aquí, será mucho mejor. También es vuestra primera Navidad juntos, ¿verdad?

—Sí —respondió Paige con una sonrisa—. Tenemos mucho que celebrar.

—Mano, voy a enseñarte la habitación y así aprovechamos para llevar vuestro equipaje allí. Chicas, ¿por qué no vais decidiendo dónde os gustaría cenar esta noche?

Kal agarró las maletas y unas bolsas cargadas de regalos que había junto a ellas y se dirigió a la habitación seguido de Mano y Hōkū.

—La cama está a la izquierda según entras y el cuarto de baño a continuación del vestidor, a la derecha.

—Genial. Gracias por alojarnos habiéndote avisado con tan poco tiempo.

—Querrás decir por no haberme avisado. ¿Has venido a espiarme?

—No, he venido para presentarte a Paige, para conocer a tu esposa y para pasar la Navidad con mi hermano —sonrió—. Bueno, y también para espiarte.

—No se lo has contado a nadie, ¿verdad?

—Claro que no. Me dijiste que no lo hiciera, aunque eso no significa que no vaya a venir hasta aquí para ver qué está pasando después de que me hayan llamado los servicios sociales para entrevistarme y asegurarse de que todo esto es legítimo.

–¿Y qué les has dicho?

–Que estáis perdidamente enamorados el uno del otro, claro.

Kal se agachó para acariciar al bonito labrador.

–Bien, porque es la verdad. Te vas a quedar decepcionado, hermano, porque aquí no vas a encontrar nada escandaloso, solo una feliz pareja de recién casados que están cuidando de su sobrina.

Mano se quedó muy quieto un momento, analizando las palabras de su hermano. Era rápido captando el tono, las palabras y las respuestas de la gente y por eso resultaba muy complicado mentirle. No obstante, Kal había mejorado bastante durante los últimos diez años. Mano era la persona que mejor podría destapar la farsa, pero también era la única a la que le confiaría la verdad. De todos modos, con un poco suerte, no tendría que confesar hasta que no pasara Navidad.

–De acuerdo –dijo Mano satisfecho… de momento.

–Bueno, vamos al salón a ver qué quieren cenar las chicas.

–¿Te puedes creer que a los solteros Bishop nos hayan domado por fin?

–Es una gran pérdida para las mujeres de las islas, debo decir.

Su hermano tenía razón. Era cierto que sus noches salvajes cesarían hasta que estuviera oficialmente divorciado porque, aunque no estuviera enamorado de Lana, tampoco la iba a engañar. En cuanto a Mano, nunca lo había visto tan prendado de una mujer como lo estaba de Paige. Tanto que había ido hasta San Diego para pedirle matrimonio, y eso era algo muy a tener en cuenta tratándose de un tipo que había tenido una aventura tras otra y había insistido en que jamás se casaría ni sería una carga para ninguna mujer.

Paige no parecía considerarlo una carga; todo lo contrario, se la veía muy feliz. Cuando volvieron al salón y vio a Mano, se le iluminó la mirada.

Verla irradiar tanto amor por su hermano le hizo preguntarse si alguna vez alguna mujer lo miraría a él así. Era algo que nunca había querido, ya que iba acompañado de un nivel de compromiso que no podía ofrecer, pero de pronto anhelaba tener algo así. ¿Había cometido un error al mantenerse tan emocionalmente aislado? No había duda de que Mano parecía más feliz que cuando estaba soltero.

—¿Qué hemos decidido para esta noche? —preguntó intentando pensar en otra cosa.

—Bueno, Paige no ha estado nunca en Maui —dijo Lana—, así que he pensado que podríamos ir a tu restaurante de la azotea. Es complicado encontrar otro con mejores vistas y mejor comida.

—Gran elección.

—Le he dicho que puede que incluso veamos ballenas esta noche.

Kal asintió.

—En esta época del año las ballenas jorobadas llegan de Alaska y en febrero las aguas tendrán la población más densa de jorobadas del mundo. Es un espectáculo increíble. Con suerte, mientras cenemos, verás al menos una. ¿Por qué no vais a descansar un poco y a instalaros mientras llamo para que nos guarden la mejor mesa?

Paige asintió y fue con Mano a su dormitorio. Kal se fijó en cómo se agarró a él y lo iba guiando con delicadeza. Sin duda, esa mujer era el amor de su vida.

Miró a Lana preguntándose si ellos conseguirían resultar tan convincentes los siguientes días.

Lana no podía recordar la última vez que se había tumbado en la playa y había disfrutado de un poco de sol. Era la clase de lujo y descanso que no se solía permitir, pero ahora, con la visita del hermano de Kal, tenía la excusa perfecta. Esa noche actuaría en el último *luau* antes de Navidad, aunque aún tenía unas horas libres antes de ir a prepararse.

Se giró hacia Paige y agarró el protector solar.

—Creo que deberías echarte un poco más si no quieres estar quemada y dolorida en Navidad.

Paige se incorporó en la tumbona y aceptó el bote.

—Mi piel no está hecha para los trópicos. Me he acostumbrado a llevar factor 50 aunque solo sea para ir de un lado del hotel al otro. Ojalá tuviera una piel tan bonita y morena como la tuya.

Lana sonrió.

—Gracias, aunque me parece que tienes una piel muy bonita, tan clara y sin imperfecciones. Creo que las mujeres siempre queremos lo que no tentemos.

—Tienes razón. Toda mi vida he querido tener curvas y ahora que tengo barriga de embarazada y los pechos más grandes ya no estoy tan segura. No era lo que tenía en mente.

—Pero cuando todo pase tendrás una hija preciosa y puede que tenga el tono de piel de Mano.

—Creía que Kal te lo habría contado, pero Mano no es el padre. Al menos, no el padre biológico. En todo lo demás, está convencido de que la niña es suya.

–Eh, no… no me había dicho nada. Pues en ese caso, eres muy afortunada. Mano parece estar absolutamente prendado de ti y de tu bebé.

–Soy la mujer más afortunada del planeta. Imagino que tú debes de saber lo que siente. Os casasteis en secreto, sin decir nada a nadie, y eso es muy romántico. Como Romeo y Julieta, pero con un final más feliz.

–Es increíble –dijo Lana.

En ese aspecto no estaba mintiendo a Paige, porque era cierto, Kal era increíble en todos los sentidos. Y ahí residía uno de los problemas de que fuera su mejor amigo. Por mucho que lo intentara, sabía que nunca podría encontrar a un hombre igual ni tampoco tenerlo a él. Estaba fuera de su alcance.

Tal vez se sintiera algo atraído por ella y quisiera continuar con su relación física mientras estaban casados, pero no duraría mucho más. Él mismo lo había dicho y ella sabía que no podría hacerle cambiar de opinión.

Las dos se giraron para mirar a los hermanos. En lugar de bañadores, llevaban camiseta y se habían remangado los pantalones. Estaban en el agua y Kal tenía a Akela en brazos. La acercaba al agua del océano hasta que le rozaba los deditos y en cuanto la niña gritaba, volvía a subirla y la besaba en sus regordetas mejillas. Hōkū salpicaba agua a su alrededor y movía el rabo de alegría.

Eran unos hermanos muy guapos, altos y esbeltos, con el pelo marrón oscuro, casi negro. Irresistibles.

La pequeña se había ganado el corazón de Kal en un instante. Lana no había estado muy segura de cómo iría, teniendo en cuenta que él no quería tener hijos, pero lo cierto era que estaba encantado. Incluso había visto que aun estando Sonia, se llevaba a la niña a jugar un rato y a hacerla reír. Parecía que el gran magnate hotelero escondía a un hombre dulce bajo esos trajes caros. Akela no tenía más que hacer un puchero o batir sus densas y oscuras pestañas y Kal se derretía por hacerla feliz. Muy parecido a lo que hacía con ella.

—¡Paige! ¡Lana! —gritó Kal señalando al agua—. ¡Venid corriendo!

Las chicas se levantaron y fueron hacia allí.

—¿Qué pasa?

—Las ballenas están saliendo a la superficie. Esperad.

Cinco segundos más tarde, una gigantesca masa gris emergió del agua y volvió a sumergirse con un enorme chapoteo.

Paige contuvo el aliento y se agarró a Mano.

—¡Vaya! Es increíble. Ojalá pudieras verlo —añadió con un tono suave y triste.

—No me hace falta verlo —respondió él acurrucándose contra su oreja—. Ya lo vivo a través de ti, *pelelehua*.

Lana intentó no derretirse allí mismo mientras los escuchaba. La había llamado «mariposa», ¡qué dulce! Para no entrometerse en un momento tan íntimo, se acercó a Kal, que le echó un brazo por el hombro.

—Mira, Akela —dijo él como si la niña pudiera entender lo que estaban viendo—. ¿Ves esa cola que sale del océano? ¿Y ese chorro de agua que sale disparada? Es la respiración de la ballena.

Unos minutos más tarde, una de las ballenas volvió a emerger y a Lana se le encogió el corazón. Había visto esa imagen todos los años, pero nunca se había detenido a pensar en ello, y mucho menos se había quedado embelesada contemplándola en la playa como el resto de turistas. Por alguna razón, significaba más ahora que lo estaba viendo con Kal, Akela y sus cuñados. Con su familia.

Parecía que se estaba vinculando demasiado a esa vida que estaban construyendo. Hasta ahora le había preocupado el tema del sexo, pero ese no era el problema. El sexo con Kal era fantástico, pero también le gustaba cenar con él y escucharle cantar antiguas canciones hawaianas a Akela mientras la bañaba. Le gustaba despertar con una taza de café caliente que él le había preparado y girarse en la cama durante la noche y sentir la calidez de su cuerpo a su lado.

Echaría de menos esas cosas cuando todo terminara. Lo de casarse había sido idea suya, pero ahora empezaba a arrepentirse. Sí, era cierto que no podría haber conseguido la custodia estando sola, pero ¿cómo iba a poder volver a su vida tal como había sido antes? Ahora la perspectiva de vivir en un hotel y salir con un idiota tras otro no la atraía si la comparaba con compartir un hogar con Kal, cocinar para los dos y descansar del trabajo para tener una vida de verdad.

Bueno, tal vez no era una vida de verdad, pero era la única que tenía ahora. Y lo único que quería era que esa farsa se prolongara durante el máximo tiempo posible, porque ya no quería simplemente un matrimonio y una familia. Quería ese matrimonio y esa familia en concreto.

Cuando Kal besó a Akela en la frente y a continuación la besó a ella en los labios, supo que había cometido el error de enamorarse de su marido.

Capítulo Nueve

Kal había pasado las tres últimas Navidades con Lana, aunque la de este año, sin duda, sería muy distinta a las demás. Las novedades serían su familia y Akela. Las constantes serían Lana y el *sushi*; después de todo, las tradiciones estaban para mantenerlas.

Mano y él condujeron hasta la costa para recoger un enorme encargo de *sushi* del mismo lugar donde había celebrado su boda con Lana. La gran comida tradicional de Navidad hawaiana la tomarían al día siguiente, cortesía de los cocineros del hotel. Lana y Paige habían pasado parte de la mañana preparando unos divertidos postres sobre los que no les habían querido decir nada. Él esperaba encontrarse con otro tarro de galletas de chocolate, aunque por otro lado también tenía curiosidad por ver qué se les habría ocurrido a las chicas. Paige estaba acostumbrada a celebrar la Navidad al estilo americano, así que quizá prepararían algún dulce que él no hubiera probado hasta ahora y que pudiera superar a las galletas.

Al volver a casa del restaurante, y aún dentro del coche, Mano le dijo:

—Oye, quiero decirte algo antes de entrar.

Kal apagó el motor y se recostó en el asiento.

—Dime.

—Quería disculparme. Tenías razón, he venido aquí

113

porque creía que lo de tu boda había sido una simple treta para obtener la custodia de la niña o porque tal vez Lana fuera de otro país y estuviera intentando que no la deportaran o algo así. Pero haber pasado unos días con los dos me ha convencido de que me equivoqué al dudar de ti.

Kal se puso tenso. Tenía que evitar que su hermano siguiera disculpándose por algo sobre lo que tenía razón.

–Mano…

–No. Tengo que decirlo. Hacéis una pareja fantástica. Además, ¿qué puede haber mejor que casarte con tu mejor amiga? Nunca te había visto tan feliz desde después de que murieran papá y mamá. Parecéis estar muy enamorados y felices y me alegro mucho por ti.

Kal no sabía qué decir. Su hermano era una de las personas más perspicaces que conocía, lo captaba todo, era como un detector de mentiras humano. Por eso le desconcertaba lo que estaba diciendo; Lana y él no podían ser tan buenos actores como para engañarlo, pero lo cierto era que su hermano creía que estaban enamorados de verdad. ¿Qué veía entre ellos que él no alcanzaba a ver?

–Después de que murieran no volviste a ser el mismo, Kal. Era como si te diera miedo acercarte mucho a alguien por miedo a perderlo. Yo hice lo mismo, aunque por distintas razones, y ahora sé que no es forma de vivir. No se puede dejar que el miedo te gobierne. Me alegro mucho de que los dos lo hayamos visto por fin antes de haber acabado pasando nuestras vidas solos.

–Nos esperan grandes cosas –dijo sabiendo que su hermano tenía razón.

–Sí. Bueno, y ahora vamos a entrar a comernos este *sushi*. Huele increíble y me muero de hambre.

Una vez dentro, se reunieron alrededor de la mesa con Akela y Lana sirvió tres copas de *sake* y un refresco para Paige. El menú se componía de rollitos California, rollitos de atún picante, rollitos de anguila, tempura crujiente, rollitos de salmón ahumado y una variedad de *nigiri* magistralmente elaborados por el chef. Además, tenían *edamame*, tofu frito, ensalada de pepino y pollo *teriyaki* para Paige.

—¡Vaya! —exclamó Paige—. No sé qué son la mitad de estas cosas, pero todo tiene una pinta maravillosa. Tomar *sushi* en Navidad me parece una tradición muy divertida, aunque yo no pueda comerlo este año.

—¿Quieres robarles la idea? —le preguntó Mano—. ¿Quieres que la convirtamos en la tradición navideña de los Bishop?

—Me parece que sí. Ya estoy harta de comer pavo.

—¿Pavo? —preguntó Mano.

—Nosotros aquí no tomamos pavo por Navidad —le explicó Lana—. Nosotros tomamos cerdo y platos con marisco.

Kal se recostó en la silla y contempló a su nueva familia charlar mientras cenaban. Solo faltaba Sonia, que estaba pasando las fiestas con su familia. La imagen que tenía delante era algo que nunca se había esperado tener, y menos aún disfrutar. Siempre se había imaginado a sí mismo y a su hermano como dos lobos solitarios, los solteros Bishop. Ahora tenían esposas e hijos, Navidades y reuniones familiares. Así habrían sido las cosas si sus padres no hubieran muerto. Parecía que casi habían retomado sus vidas.

Casi, porque su relación con Lana era temporal. Seguiría disfrutando de la compañía de su hermano y de

Paige cuando Lana ya no fuera su esposa, pero entonces no sería lo mismo. Ella estaría viviendo su propia vida, Akela estaría con su madre, y él estaría solo otra vez.

Por primera vez en diez años, rechazaba la idea de estar solo. Le sorprendía la rapidez con la que se había acostumbrado a todo eso. ¿Qué solía hacer por las noches antes, cuando no las pasaba cenando con Lana ni bañando a Akela y acostándola en la cuna? Trabajaba, y eso ya no lo echaba en falta. El hotel funcionaba a la perfección sin que él estuviera por allí revoloteando a cada momento.

Se llevó a la boca un rollito de atún picante y masticó pensativo mientras los demás seguían charlando y comiendo. No quería volver a ser un adicto al trabajo. No estaba seguro de que la idea del matrimonio y la familia estuviera hecha para él, pero ese matrimonio y esa familia en concreto le encajaban a la perfección de momento.

Y ese era el problema, que le gustaba demasiado.

La Navidad los estaba uniendo de un modo que no había previsto, pero tendría que hacer un gran esfuerzo para distanciarse emocionalmente de Lana cuando todo terminara. Si su hermano había captado alguna especie de conexión entre los dos, eso significaba que algo estaba sucediendo entre ellos. Algo que tendría que frenar antes de que fuera a más.

—Bueno, ¿los regalos los abrimos hoy o mañana por la mañana? —preguntó Paige cuando terminaron de cenar.

—Nosotros siempre nos los damos en Nochebuena. ¿Te parece bien?

Paige asintió.

—No creo que pueda esperar a mañana. En Navidad soy como una niña pequeña.

–Entonces, vamos a recoger y a meter a Akela en la cuna –dijo Kal al levantarse– y después tomaremos ese postre de alto secreto que habéis preparado y abriremos los regalos.

Se llevó a la niña para darle su baño de lavanda y, aun sabiendo que la pequeña no entendería lo que le estaba diciendo, la metió en la cuna prometiéndole que Santa Claus habría venido cuando se despertara por la mañana.

Después los cuatro se reunieron en el salón y las chicas hicieron una presentación de sus postres: una tarta *red velvet* con cobertura de crema de queso, y malvaviscos caseros de menta bañados en chocolate. Era la primera vez que probaba la *red velvet* y le pareció una delicia.

Entonces dio comienzo la apertura de regalos y cuando terminaron, Kal se giró hacia Lana, que estaba sentada en el sofá.

–¿Qué te pasa? –le preguntó imaginando que estaría molesta porque él no le había dado nada.

–Nada –respondió ella sin mirarlo.

–¿Crees que me he olvidado de ti?

–A lo mejor. Aunque, claro, sería normal, porque ya has hecho mucho por mí últimamente.

Kal se metió la mano en el bolsillo trasero y sacó unas llaves de coche con el inconfundible logotipo de la marca Mercedes.

Lana se quedó quieta un momento y luego sus ojos se fueron abriendo de par en par.

–¿Es una broma?

Kal le puso las llaves en la mano.

–¿Por qué no vas al garaje a echar un vistazo?

Lana pegó un brinco del sofá y atravesó la cocina y el cuarto de la colada en dirección al garaje. Y ahí, aparcado, había un todoterreno Mercedes de color azul zafiro.

–He pensado que podríamos devolver el Lexus alquilado después de Navidad –añadió Kal.

Lana corrió al coche, abrió la puerta y se metió dentro. El interior olía a piel y a coche nuevo, uno de los mejores aromas en los que podía pensar. Deslizó la mano sobre el volante y acarició el salpicadero.

–¿Es mío?

–Sí.

–¿No es de alquiler? ¿No tengo que pagar nada?

–No, es todo tuyo. Así puedes llevar a Akela adonde quieras en tu propio coche y no te mojarás cuando llueva.

Ella sacudía la cabeza con incredulidad, y cuando finalmente bajó del coche, les preguntó a Paige y a Mano:

–¿Os importa cuidar de Akela mientras llevo a Kal a dar una vuelta?

Paige sonrió.

–En absoluto. Divertíos. Y no atropelléis a ningún reno.

A Lana se le aceleró el corazón cuando arrancó el coche. No se podía creer que ese coche tan fantástico fuera suyo.

Condujo tranquilamente por las instalaciones del hotel y después salió a la carretera. Avanzaron por la coste oeste de Maui en dirección al centro de la isla y se detuvieron en un mirador para ver a las ballenas.

–¿Te gusta? –le preguntó Kal.

–¿Que si me gusta? –repitió Lana al apagar el motor–. ¡Claro que me gusta! Pero es demasiado, Kal. Has hecho demasiado por mí, no necesitaba ni un solo regalo. La boda, la habitación de la niña, las costas del abogado, el coche de alquiler…

–Te mereces todo eso y más.

Pero ella no sentía que lo mereciera, y menos sabiendo que había roto las reglas de su acuerdo. ¿Qué diría Kal cuando se enterara de que se había enamorado de él después de que le hubiera dicho que no lo hiciera? No necesitaba un lujoso todoterreno, lo que necesitaba era una dosis de realidad.

Aunque, ¿acaso tenía la culpa? Fuera o no intencionado, Kal la estaba enamorando con todo lo que hacía, y no podía resistirse a sus encantos. Había pasado de ser su mejor amigo, un tipo mujeriego, a un marido y un padre cariñoso y protector. Estaba condenada a amarlo y no sabía cómo podría devolverle todo lo que había hecho por ella. Quería darle más, pero solo tenía unas pocas cosas que ofrecer: su corazón, su cuerpo y su alma. Con gusto le entregaría las tres, aunque sabía que él preferiría quedarse solo con el cuerpo. Así que se lo daría aunque él no supiera que en realidad le estaba entregando todo lo demás también.

Echó el freno de mano y se giró hacia él.

–Ahora que estamos solos, me gustaría darte las gracias –se quitó el jersey rojo que llevaba y lo tiró en el asiento trasero.

Kal miró a su alrededor antes de detenerse en su sujetador de encaje rojo. Se relamió los labios.

–De nada.

Lana se subió la falda por los muslos y se sentó sobre su regazo. Los asientos de cuero le daban espacio suficiente para sentarse cómodamente y rodearlo por el cuello. Lo besó sin vacilar. Adoraba besarlo. Sus besos eran eróticos y dulces, la excitaban.

Se entregó por completo al beso, volcó en él toda su gratitud, su amor y su deseo. Los dedos de Kal se hundían en sus caderas y le subían más la falda. Él se mordió el labio cuando ella se movió y rozó la firme prueba de su deseo.

Kal se apartó un instante para hundir la cara en su escote y lamerle los pezones a través del encaje antes de bajarle la prenda y descubrirle los pechos. Tomó en la boca sus pezones y los acarició con la lengua hasta hacerla gemir. En el habitáculo del coche, cualquier sonido que emitían parecía sonar increíblemente alto, pero allí solo estaban ellos dos, así que podía hacer tanto ruido como quisiera. Allí ningún bebé se despertaría ni podrían oírlos ni la niñera ni sus cuñados.

—Eres preciosa —murmuró Kal contra su piel antes de besar las curvas de sus pechos—. No sé cómo he podido resistirme a ti estos tres años —cubrió un pecho con su mano y lo apretó con delicadeza—. ¿Y cómo voy a poder dejar de desearte cuando todo esto termine?

Buena pregunta, aunque era una pregunta que Lana no podía responder. Tal vez él la deseaba, pero ella estaba enamorada y eso sí que sería complicado de superar. Él seguiría adelante y la olvidaría cuando estuviera en brazos de otra mujer; ella, sin embargo, descartaba la posibilidad de salir con otros hombres una vez estuviera divorciada.

—Encontrarás a otra que te caliente la cama —le susurró mientras lo acariciaba a través de los pantalones—.

A una mujer más guapa o más inteligente o más interesante que te distraerá y te hará preguntarte por qué te sentías atraído por mí.

Kal se puso tenso y le apartó la mano.

–¿Por qué dices eso?

Lana lo miró y suspiró.

–Porque es la verdad. Puede que no sea el comentario más estimulante en este momento, pero los dos sabemos que saldrás de esta situación como lo haces siempre. Yo y este matrimonio no seremos más que un vago recuerdo al cabo de un tiempo, así que te recomiendo que estudies muy bien mi cuerpo mientras tienes la oportunidad –hundió las caderas más aún en su regazo y lo hizo gemir.

–Puede que siga adelante con mi vida, pero es imposible que te olvide, Lana. Además, ya me conozco cada curva de tu cuerpo como la palma de mi mano. Sé cómo te gusta que te toque. Sé qué te hace vibrar y qué te hace gritar. Y eso lo llevaré grabado en la cabeza para siempre.

Oír esas palabras saliendo de su boca fue como un sueño y una pesadilla al mismo tiempo. ¿Cómo podía decirle esas cosas, cómo podía desearla y no tener ningún sentimiento por ella? Esas eran las cosas que un hombre le decía a una mujer que quería que fuese suya para siempre, y él, en cambio, no quería tenerla en su cama para siempre.

Acabaría volviéndose loca si se paraba a pensar demasiado en ello. Lo que tenía que hacer ahora era disfrutar de la noche y del momento para poder conservarlos en su cabeza cuando estuvieran separados.

–Pues entonces hazme gritar ahora.

Kal apretó la mandíbula y resopló. Pulsó un botón para reclinar el asiento y el movimiento alzó las caderas de Lana lo justo. Después le coló las manos bajo la falda y le arrancó la ropa interior.

–¿Es que tienes prisa? –le preguntó Lana.

–No hay mucho espacio para maniobrar. Te compraré diez más para sustituirlas.

Se bajó los pantalones, se puso un preservativo y se adentró en ella, que ya estaba preparada para recibirlo. Lana se movió y lo tomó más profundamente con un suspiro de satisfacción. Estar rodeándolo con su cuerpo de ese modo tan íntimo le hacía sentir que se pertenecían el uno al otro.

Porque al menos ella sí que era suya, por mucho que él nunca llegara a ser suyo.

Kal hundió los dedos en sus caderas y le movió el cuerpo de adelante atrás. Se contonearon juntos a medida que la tensión iba en aumento y las ventanas del Mercedes se iban empañando. Lana cerró los ojos e intentó absorber cada sensación. Los aromas a cuero y sexo pendían en el aire y los sonidos que él emitía la atravesaban como una flecha. Esa noche Kal parecía sentirse libre para gemir y susurrarle eróticas palabras.

Al instante, él coló la mano entre sus cuerpos y la acarició mientras seguía moviéndose dentro de ella, arrastrándola al borde del éxtasis. Ella gritaba cada vez más fuerte y él la acariciaba cada vez con más intensidad, moviéndose contra ella con un ímpetu cargado de deseo.

Cuando Lana abrió los ojos, Kal la estaba observando. Tenía su mirada clavada en ella, estudiando cada una de sus expresiones. La miraba como si fuera la mujer más atractiva y deseable que había visto en su vida. Y en ningún momento apartó la mirada ni cerró los ojos; estaba centrado únicamente en ella.

Con una mano apoyada en el asiento y la otra en la puerta, Lana sacudió las caderas contra él y su cuerpo se estremeció con la fuerza del intenso orgasmo que la invadió.

—¡Oh, Kal! —exclamó con la voz entrecortada.

—Lana —dijo él con los dientes apretados y hundiéndose más en su interior. Arqueó la espalda y gritó su nombre una vez más mientras liberaba su deseo.

Después, la tendió a su lado y la rodeó con los brazos con gesto protector. Ella apoyó la cara contra el oscuro vello de su torso y escuchó el acelerado latido de su corazón.

Qué bien se sentía estando en los brazos de Kal. No quería imaginarse alejada del hombre que amaba, pero ese momento llegaría.

Antes de que quisiera darse cuenta, todo eso habría acabado.

Capítulo Diez

El teléfono sonó y Lana corrió a responder para que Akela no se despertara de la siesta.

—¿Diga? —preguntó al no reconocer el número.

—¿Lana? —contestó una mujer con voz vacilante. Le resultaba familiar, pero no lograba identificarla del todo—. Soy Mele.

Se sintió culpable por no haber reconocido la voz de su hermana, pero ahora era diferente. Sonaba… sobria. Seria.

—Hola —respondió no muy segura de qué decir. No había hablado con ella en todo ese tiempo, ya que el programa de rehabilitación restringía las llamadas del exterior.

—¿Cómo está Akela?

—Muy bien. Le ha salido un diente.

—¿En serio? Vaya, su primer diente… —parecía triste, como si le importara haberse perdido ese momento.

—¿Por qué has tardado tanto en interesarte por ella? Podría haber estado todo este tiempo en una casa de acogida y ni siquiera te habrías enterado.

—Me dijeron que estaba contigo, así que sabía que estaría en buenas manos. Tenía que centrarme en recuperarme para ella.

—¿Y qué tal lo llevas? —intentaba no ser muy pesimista con respecto a la recuperación de su hermana,

124

pero desintoxicarse no era fácil. Algunos adictos necesitaban varios tratamientos y no siempre llegaban a superarlo del todo.

—Muy bien. Hoy es el último día de tratamiento. Esta tarde me harán un análisis y, si estoy limpia, que lo estaré, mañana me dejarán irme.

¿Mañana? Lana sabía que debía alegrarse, pero se le cayó el alma a los pies al saber que su hermana iba a salir, porque eso significaba que iría a buscar a la niña. Significaba que su matrimonio con Kal terminaría. Significaba que toda su vida estaba a punto de derrumbarse.

—Me alegro por ti —fue todo lo que pudo decir.

—No pareces muy convencida, Lana.

—Lo siento, pero ya has estado en rehabilitación antes. ¿Cómo sé que esta vez te mantendrás limpia? No quiero devolverte a Akela y que vuelvas a consumir, y el juez tampoco lo permitirá.

—Me alegra saber que Akela tiene a tantas personas que se preocupan por ella, pero yo también soy una de esas personas. Si en algún momento siento que voy a volver a consumir, te la entregaré primero. Lo prometo. Pero no hay motivos para preocuparse. Ahora estoy en otra situación tanto mental como emocional. Tua está en la cárcel y fuera de mi vida para siempre. Tengo nuevos amigos que serán una mejor influencia. Esta vez me he desintoxicado para siempre, Lana. Mi régimen de libertad condicional me lo exige y mi hija se lo merece. Si no supero alguno de los análisis aleatorios, iré a la cárcel y perderé a Akela para siempre. Y no pienso permitir que eso suceda. No pienso volver a abandonar a mi bebé.

En la voz de Mele había una determinación que

125

Lana jamás había oído en ella. De verdad parecía haber cambiado.

—Saldré por la mañana. ¿Crees que podrías venir a buscarme? Nuestro coche sigue confiscado por la policía y tardaré mucho tiempo en poder pagar la multa para recuperarlo.

—Sí, puedo ir a recogerte.

—Genial, gracias.

—¿Y de dónde vas a sacar el dinero para el coche?

—Eso entra en el programa de rehabilitación. Cada semana seguiré yendo a terapia de grupo e individual, me seguirán haciendo análisis y me ayudarán a encontrar casa y empleo. Están asociados con negocios locales para darnos trabajos estables.

Lana estaba impresionada.

—De hecho, el hotel de Kal es una de esas empresas. Puede que me informe sobre algún trabajo de limpiadora allí. Tal vez al cabo de un tiempo iría ascendiendo. ¿Crees que podrías hablar con él?

Lana se mordió el labio. Odiaba tener que pedirle algo más después de todo lo que había hecho ya. Mele no tenía la más mínima idea de hasta qué punto había llegado Kal por su hija. Por otro lado, sabía que Kal accedería. Encontrarle un trabajo y alejarla de Tua era lo mejor que podían hacer para evitar una recaída.

—Hablaré con él esta noche.

—De acuerdo. Bueno, será mejor que cuelgue, pero antes quieto darte las gracias, Lana.

—¿Gracias por qué?

—Por todo —hubo un momento de silencio—. Mañana te llamo.

La comunicación se cortó y Lana se quedó mirando

el teléfono atónita. No sabía muy bien qué pensar, pero de pronto sintió miedo. Todo estaba a punto de venirse abajo. Akela volvería con su madre y su matrimonio llegaría a su fin. Había sido una estúpida por permitirse sentir algo por Kal aun sabiendo que ese día llegaría. Con mucho gusto mantendría la misma relación que estaban teniendo ahora, pero no sabía si Kal sentía por ella algo más que una atracción física. Había momentos en los que le parecía ver un brillo de algo parecido a amor en sus ojos, pero no podía estar segura.

Kal no quería casarse, ¿así que por qué iba a acceder a seguir casado? Se merecía una mujer mejor.

Temía el momento de tener que decírselo. No quería que todo acabara y, al mismo tiempo, no se veía capaz de quedarse allí esperando a que volviera a casa para contárselo.

–Sonia, tengo que ir al hotel.

Agarró el bolso y se subió a su nuevo Mercedes.

–Hoy llegas pronto al ensayo –le dijo el guardia de seguridad al verla aparcar en el aparcamiento de empleados.

–No te imaginas lo mal que lo hicieron anoche –le respondió con una sonrisa.

Cuando entró en el despacho, encontró a Kal tecleando algo en el ordenador. Al verla allí, la miró sorprendido y le sonrió.

–¡Hola! Justo estaba pensando en ir a almorzar. ¿Te apetece?

–No he venido por eso. Mele acaba de llamarme.

–¿Va todo bien? –preguntó preocupado.

–Sí, genial. Fenomenal. Todo va tan bien que sale mañana –contestó con los ojos llenos de lágrimas.

Kal se levantó de la silla, alarmado, y la abrazó. La dejó llorar un momento antes de hablar.

–¿Ha dicho algo sobre el juez o la custodia?

–Ha dicho que esta noche le harían otra analítica y que vendrá a recoger a Akela en cuanto salga.

Kal se puso tenso y ella lo notó en el abrazo.

Ojalá la amara a ella tanto.

Kal no se había sentido tan nervioso e impotente desde la muerte de sus padres. Estaba acostumbrado a tenerlo todo bajo control, pero no había nada que pudiera hacer. El decreto del juez era oficial: Mele había cumplido con todo lo que se le había requerido y ahora le devolvían la custodia de su hija.

Lana había ido a recogerla a la clínica de rehabilitación y él se había quedado cuidando de Akela. Tras comunicárselo a Sonia, la mujer se había marchado para buscar otro empleo. Sin bebé, no había motivos para tener una niñera. Ni una habitación infantil. Ni un matrimonio.

Ahora estaba sentado en el suelo viendo a Akela jugar con su osito. Le había puesto un vestido blanco con dibujos de patitos, unos calcetines y unos zapatos de estilo Merceditas. Había querido que la pequeña se marchara de allí como la princesita perfecta que era.

Junto a la puerta tenía preparada una maleta con cosas para la niña. La clínica le había buscado un apartamento a Mele, pero hasta que se trasladara, Kal le había dado una habitación en el hotel y un puesto en el departamento de limpieza.

Cuando Akela lo miró y le sonrió, sintió que el

centro del pecho se le empezaba a encoger como si un agujero negro estuviera succionando todos sus sentimientos. Nunca había querido tener familia ni hijos, pero jamás se habría imaginado que le fuera a costar tanto tener que decirle adiós a esa pequeña. Lana y ella se habían convertido en la alegría de su vida y ahora las perdería.

Oyó el sonido de un coche en la puerta y, a continuación, unas voces de mujer. Todos los músculos del cuerpo se le tensaron. Después se abrió la puerta y por ella entraron Lana y otra mujer.

—¡Akela! —dijo arrodillándose en el suelo junto a la niña. La tomó en brazos y la sostuvo contra el pecho. Comenzó a llorar y en ese momento Kal se sintió culpable por haber deseado quedarse a la pequeña y no devolvérsela a su madre.

Era una imagen muy emotiva, pero le estaba costando digerirla. Se levantó y agarró su chaqueta.

—Me voy a la oficina.

Lana lo miró con preocupación, pero tampoco intentó detenerlo.

—De acuerdo. Voy a llevar a Mele al hotel para que se instale.

Kal necesitaba salir de allí, no podía quedarse a ver cómo Mele salía por la puerta con la niña en sus brazos. Por eso se marchó y se encerró en su despacho durante un par de horas, aunque cuando miró el reloj, resultó que no habían pasado un par de horas, sino siete.

Ahora que Akela se había ido, ¿qué motivos tenía para volver a casa?

Al menos Lana seguía allí, pero tampoco la tendría a su lado por mucho tiempo.

Cuando llegó a casa, la encontró sentada junto a la encimera de la cocina con una copa de vino en la mano.

—¿Ya se han instalado Mele y Akela?

Lana asintió lentamente.

—Sí. Gracias por dejarla quedarse allí unos días.

Kal se apoyó contra la puerta.

—Qué silencio hay aquí ahora. Demasiado.

—Lo sé, aunque el silencio viene muy bien para pensar. Hoy he estado pensando mucho.

—¿Sobre qué? —se acercó a la encimera.

—Sobre lo que pasará ahora. Sobre nosotros.

—No creo que tengamos que tomar ninguna decisión ahora…

—He llamado a Dexter y va a redactar los papeles del divorcio. Ha dicho que podemos ir por la mañana para firmarlos y que él los entregará en el juzgado. Tardarán unos treinta días en hacerse efectivos.

Esas palabras lo impactaron. ¿Por qué le molestaba que Lana hubiera dado ese paso? Se había esperado que se mostrara reticente, que quisiera ir más despacio, ya que era ella la que quería casarse y, en cambio, ahí estaba él, sintiéndose como si lo estuvieran abandonando.

—¿Estás segura de que debemos ir tan deprisa? ¿Y si Mele vuelve a consumir dentro de una semana? Tendríamos que volver a casarnos. ¿Por qué no esperamos un poco a ver qué pasa?

—Una semana, un mes, un año… no podemos saber qué hará mi hermana y no deberíamos vivir nuestra vida a expensas de lo que haga ella.

—No estoy diciendo eso. Solo digo que hoy han pasado muchas cosas y que no deberíamos tomar decisiones apresuradas.

–¿Y qué deberíamos hacer? ¿Seguir casados? ¿Seguir acostándonos y jugando a ser un matrimonio feliz? Así solo nos torturaremos.

–Yo no me siento torturado en absoluto por estar casado contigo, Lana. No me supone ningún esfuerzo seguir adelante con ello.

–Eso es porque no estás ena… –se detuvo. Apretó la mandíbula e intentó controlar las emociones que le bullían por dentro.

–¿Qué no estoy?

–Enamorado, Kal. No estás enamorado de mí, así que por supuesto esto para ti es un juego. Juegas a estar casado y a tener una familia, y es divertido porque sabes que terminará y que las cosas volverán a ser como antes.

Enamorada. ¿Lana estaba enamorada de él?

–Espera. Para mí esto no es un juego. ¿Por qué piensas eso?

–Kal, ¿estás enamorado de mí? Si lo estás, dilo ahora mismo.

¿Enamorado? ¿Acaso sabía lo que se sentía al estar enamorado? No lo sabía. Solo sabía que Lana le importaba, aunque suponía que eso no bastaba.

–Eso lo dice todo –dijo ella levantándose de la banqueta.

–Espera un minuto. No me has dado tiempo para pensar.

Lana sacudió la cabeza con tristeza.

–No deberías tener que pensarlo, Kal. O me quieres o no. O quieres seguir casado conmigo o no. Y ya que la respuesta me parece extremadamente obvia, opino que no tiene ningún sentido alargar esta conversación. Nos reuniremos con Dexter mañana por la mañana.

131

Kal no sabía qué decir.

–Lana...

–Gracias, Kal –le interrumpió.

–¿Gracias por qué?

–Por haber detenido tu vida durante un mes para ayudarme. No creo que muchos amigos hubieran llegado a ese extremo por mí y te lo agradezco.

El tono de Lana tenía un matiz de rotundidad que no le gustó. Era como si se estuviera despidiendo.

–Lo haría una y otra vez –y al ver a Lana colgarse el bolso al hombro añadió–: ¿Adónde vas?

Ella se detuvo ante la puerta y agarró la pequeña maleta de la que él no se había percatado al entrar.

Lana se marchaba.

–Vuelvo a mi casa.

–Esta es tu casa –dijo él con firmeza.

–He visto un apartamento en la colina en Lahaina y creo que voy a hacer una oferta, así que no necesito que tus empleados empaqueten ya el resto de mis cosas. Me las podrán mandar allí directamente –dijo antes de quitarse la alianza de boda y dejarla en la mesa de la entrada.

Kal no lo podía soportar, todo se estaba desmoronando. No quería perder lo que habían construido. Se acercó a ella.

–Pregúntamelo otra vez.

–Te gusta la idea de lo que teníamos, pero no será lo mismo. Esto no es lo que querías para tu vida, Kal. Lo has hecho por mí. Y si aun sabiéndolo permitiera que este matrimonio continuara, me estaría aprovechando de nuestra amistad. Ya me he aprovechado demasiado de ti, así que no me pidas que lo vuelva a hacer.

Kal no sabía qué sentir ni si Lana tenía razón. Solo sabía que no quería perderla.

—¿Y qué pasa con nuestra amistad?

—No pasará nada —le respondió dándole uno de sus familiares golpecitos en el hombro. Fue el mismo gesto de los viejos tiempos, aunque con una mirada distante que no lo convenció del todo—. Solo necesitaré algo de tiempo para estar sola, Kal. Te lo prometo.

Se sintió aliviado al oír eso, pero al mismo tiempo la ansiedad le estrujaba tanto el pecho que le impedía respirar.

—Buenas noches, Kal —dijo abriendo la puerta.

Kal se quedó allí y la vio alejarse en su todoterreno. No pudo moverse, no pudo correr tras ella. Prácticamente le había dicho que lo amaba, pero no parecía que quisiera que la siguiera. ¿Sería porque su amor por él solo le había provocado dolor? Tal vez tenía razón y era lo mejor para los dos.

Al fin y al cabo, sus vidas no habían sido tan terribles antes. Se divertían juntos y un matrimonio con hijos era algo que querían otras personas, pero no él. Si había podido acostumbrarse tan precipitadamente a estar casado y con un bebé, debería ser capaz de volver a la normalidad con la misma rapidez.

Sin embargo, mientras se lo decía, sabía que era mentira.

Capítulo Once

–¿Quieres que cuelgue este cuadro aquí? –preguntó Lana.

Mele entró en el salón con Akela apoyada en la cadera y asintió.

–Está genial.

Lana colocó el clavo en la pared y colgó el cuadro que habían encontrado en una tienda de segunda mano. Miró atrás y contempló su trabajo con orgullo.

El nuevo apartamento de Mele era bonito. Pequeño pero cercano al hotel y a la clínica. El dormitorio era lo suficientemente grande como para albergar una cama y la cuna de Akela, y para cuando la pequeña necesitara su propia habitación, Mele con suerte ya se encontraría en una mejor situación económica.

–Gracias por ayudarme con todo esto –dijo Mele mientras dejaba a Akela junto a sus juguetes–. Siento que esta semana hemos pasado más tiempo juntas que en muchos años.

–Y puede que sea verdad –ahora sentía que había recuperado a su hermana y cuando no estaban trabajando, siempre estaba con ella en el apartamento, ayudándola.

–¿Te apetece un café? –le preguntó Mele. Había invertido una pequeña parte de su primera nómina en comprar una cafetera barata. Era su nuevo capricho después de haber dejado de lado sus otras adicciones.

–Claro –respondió sentándose a su lado en la diminuta y desgastada mesa de comedor que habían encontrado en un mercadillo.

Y mientras se tomaban juntas un café y disfrutaban de la compañía de la otra, Lana intentaba no pensar en el café que Kal le preparaba todas las mañanas.

Marcharse de su casa había sido lo más complicado que había hecho en toda su vida, aunque sabía que había sido necesario hacerlo. Amaba a Kal, pero también se quería a sí misma lo suficiente como para saber que no podía conformarse con lo que él le ofrecía. Quería una relación con un hombre que supiera lo que sentía y que quisiera estar con ella más que ninguna otra cosa en el mundo. Y Kal no era ese hombre.

No lo había vuelto a ver desde aquella noche, ya que a la mañana siguiente había optado por ir sola al abogado y en el hotel había evitado los lugares que él solía frecuentar. No podía verlo todos los días y actuar como si no tuviera el corazón roto. Tal vez cuando el divorcio se hubiera hecho efectivo, podrían recuperar su amistad. Eso era lo que le había dicho a Kal y esperaba que así fuera.

–¿Lana?

–¿Qué?

–Te he llamado tres veces. ¿En qué planeta estás?

–Lo siento. Hoy estoy un poco distraída.

Mele asintió.

–¿Es por Kal?

–¿Por qué dices eso?

–Porque… no lo has mencionado en toda la semana. Cuando mi abogado me dijo que mi hermana y su marido habían solicitado la custodia, no dije nada, pero me quedé de piedra. ¿Qué está pasando entre vosotros?

–Dudo que quieras escuchar mi triste historia, Mele. Se supone que ahora tenemos que centrarnos en los nuevos comienzos.

Su hermana se cruzó de brazos y le lanzó una mirada severa.

–Lanakila, o me lo dices ahora mismo o te doy un tirón de orejas.

Lana, atónita, miró a su hermana. Hacía unos quince años que Mele no le hacía eso, pero aún podía recordar cuánto le dolía, y no le apetecía repetir la experiencia.

–Vale, de acuerdo.

–Empieza por el principio. Quiero todos los detalles.

Con un suspiro, Lana comenzó con el día que conoció a Kal y continuó con el relato hasta el día en que se marchó de su casa. Durante el proceso, se tomaron una cafetera entera, pasteles e incluso pusieron a Akela a dormir la siesta. Resultaba que su historia con Kal era más larga de lo que había imaginado.

–Así que aquí lo tienes. Estoy enamorada de mi mejor amigo, pero él no me quiere. Y estaremos divorciados en… –miró el teléfono– veintidós días.

–¡Vaya! –fue todo lo que Mele alcanzó a decir–. Es increíble. No me puedo creer que hayáis llegado a semejante extremo por el bien de mi hija –añadió con los ojos llorosos–. No sabes cuánto os agradezco todo por lo que habéis pasado por ella, pero me preocupa que hayas tenido que pagar un precio demasiado alto.

–Ha merecido la pena.

–¿Sí?

–Totalmente. Solo me gustaría haber sabido que esto acabaría así porque, de haberlo sabido, me habría protegido mejor el corazón. Habría mantenido las distancias cuando hubiéramos estado solos, pero tiene una personalidad tan magnética que me resultaba imposible.

—¿Y cómo creías que iba a terminar todo?

—Así —admitió—. Al final me habría enamorado de cualquier modo. Simplemente pensé que podría sobrellevarlo mejor. Lo del sexo me generó la ilusión de que tal vez se estaba enamorando de mí, lo cual es ridículo, por supuesto.

—¿Y por qué te parece ridículo que se enamore de ti?

—¡Oh, por favor, Mele!

—No, no me vengas con esas. ¿Qué hay tan repelente en ti como para que no pueda enamorarse? Eres preciosa. Eres inteligente. Tienes talento. Te preocupas de las personas que quieres y amas de un modo más profundo que nadie que conozca. Debería estar como loco por que te hayas enamorado de él, no al revés.

—Estás loca. Sí, tal vez sea guapa y una buena bailarina, ¿pero qué? Kal proviene de una familia muy importante; desciende de la realeza hawaiana por parte de madre. Tiene más dinero en el banco del que yo ganaré en toda mi vida. Es una persona que no se enamora de las personas como nosotras.

—Querrás decir como yo.

—No me refería a eso. Lo siento, pero es cierto que no ayuda mucho el hecho de tener un padre ebrio y violento y una hermana que siempre está al otro lado de la ley.

Mele sacudió la cabeza con una sonrisa.

—No, no te disculpes. Tienes razón, al menos en lo

que respecta a nuestra familia. Tenemos problemas, pero todo el mundo los tiene. La diferencia es que algunos tienen más dinero que otros para ocuparse de esos problemas. Pero somos afortunados, ¿y sabes por qué? Porque te tenemos a ti. Eres nuestro diamante en bruto.

Lana se sintió incómoda con los halagos de Mele. Habían elegido distintos caminos, pero por ello no se consideraba mejor que su hermana.

—Venga, déjalo ya. Sé bailar, eso es lo único que me sacó de nuestra situación. Si hubiera sido una torpe, a saber qué habría sido de mí.

—No, tú nunca habrías terminado como yo. Te pareces demasiado a mamá.

Lana miró a su hermana con lágrimas en los ojos.

—¿En serio?

Había cumplido dos años unas semanas antes de que su madre muriera del cáncer de cuello de útero que le habían descubierto al dar a luz. En lugar de estar en casa con su bebé había estado en tratamiento, pero ya había sido demasiado tarde. Lana no tenía recuerdos de ella, solo unas cuantas fotos desgastadas en las que veía un cierto parecido. Mele tenía cinco años por entonces y recordaba algo más.

—Totalmente. ¿Por qué crees que papá se derrumbó cuando murió? Porque mamá lo era todo para él. Se sentaba y te tomaba en brazos mientras lloraba porque sabía que la estaba perdiendo y que no había nada que pudiera hacer por ella. Por eso no se enamoró de nadie más, porque no quería que su corazón sufriera más cuando en el fondo sabía que nadie podría reemplazarla.

Kal le había dicho algo parecido en una ocasión. Le había dicho que enamorarse era correr un riesgo demasiado grande. Que sabía lo que era perder a alguien que amaba y que no entendía cómo ella podía desear tener un marido y una familia cuando se los podían arrebatar en cualquier momento.

—Kal piensa lo mismo. Perdió a sus padres hace diez años. No habla mucho del asunto, pero sé que sufre mucho incluso ahora. Eso me hace preguntarme si por…

—¿Si por eso teme admitir que está enamorado de ti?

—Iba a decir «si por eso le da miedo tener una relación seria». ¿Qué te hace pensar que podría estar enamorado de mí?

Mele se levantó y preparó otra cafetera.

—Si todo lo que me has contado sobre Kal es verdad, entonces tiene que estar enamorado de ti.

—¿Por qué?

—Porque no es tonto, es inteligente. Es un empresario de éxito que está acostumbrado a que todo le salga como quiere, pero no se puede controlar el amor como se controla un negocio y él lo sabe. Puede que tenga miedo de decirte la verdad y sufrir, pero no es tonto.

Kal estaba furioso. No quería admitirlo, pero lo estaba. En un principio había pensado que se debía a que echaba de menos a la niña. Y así era, pero ese no era el principal problema. Lo que le estaba haciendo sufrir tanto era la expresión de decepción de Lana que veía cada noche cuando cerraba los ojos; las risas que tanto echaba de menos; los labios y los besos con los que fantaseaba.

La echaba de menos. Solo había pasado una semana desde la última vez que la había visto y le parecía como si hubiera desaparecido de su vida por completo a pesar de que, probablemente, siempre estaba a escasos metros de él.

Si hubiera querido verla de verdad, no habría tenido más que ir a ver el *luau*, pero no se había visto capaz. Verla bailar lo habría torturado incluso más. De todos modos, tal vez esa noche lo haría. O tal vez no.

–¿Señor Bishop?

–¿Sí? –respondió Kal a su ayudante.

–Alguien quiere verlo.

–Bueno, «verte» exactamente no –dijo Mano, acompañado por Hōkū cuando la puerta se abrió del todo–. Pero hemos venido de visita.

Kal se levantó sorprendido, y esperó hasta que se quedaron solos para decir:

–¿Qué haces aquí? Y esta vez no quiero mentiras.

–De acuerdo. He venido porque tus empleados están preocupados por ti y se han puesto en contacto conmigo.

–¿Estás de broma, verdad?

–No. Al parecer vas por ahí dando órdenes a gritos, criticando el trabajo de todo el mundo y comportándote como un auténtico…

–De acuerdo, lo capto. He estado muy desagradable. ¿Pero de verdad alguien te ha llamado y te ha pedido que vengas?

–Lo cierto es que me han pedido permiso para echarte un sedante en el café del desayuno, así que he pensado que venir hasta aquí era mejor solución.

–He tenido una mala semana.

–Eso me imaginaba –dijo tocándole la mano izquierda–. No llevas anillo.

Kal apartó la mano.

—No llevo anillo. Todo ha acabado.

—¿Qué ha pasado?

Suspiró. No quería contarle la verdad a su hermano, pero sabía que debía hacerlo.

—Tenías razón sobre nosotros. No era verdad. Lo hicimos para aparentar por si el Servicio de Protección de Menores investigaba. La hermana de Lana entró en desintoxicación y era el único modo de obtener la custodia de su sobrina, pero ya ha terminado el tratamiento y se ha reunido con su hija, así que todo ha terminado y Lana se ha marchado.

—Querrás decir que la has dejado ir.

—No, quiero decir que llamó al abogado, inició los trámites de divorcio y se marchó —lo cual era verdad, a excepción del diminuto detalle sobre el momento en que le había preguntado si la amaba, y él se había atragantado.

—Se me hace muy raro que una mujer que está tan enamorada de su marido se vaya de ese modo. ¿Qué le hiciste?

—No le hice nada. Me ceñí al acuerdo. Fue ella la que rompió las normas.

—¿Y cuáles eran las normas exactamente?

—Que lo hacíamos solo por la niña y nada más.

—¿Entonces no te acostaste con ella?

Empezaba a sentirse como si estuviera viviendo en la época de la Inquisición Española. Cuando se enterara de quién había llamado a su hermano, sus empleados se iban a enterar de verdad de lo que era un jefe con mal carácter.

—Sí, me acosté con ella.

—¿Más de una vez?

–Sí.

–¿Entonces tú también rompiste las reglas?

–Sí. Rompimos esa regla, pero ella no debía enamorarse y eso no debía estropear nuestra amistad.

—Así que os habéis pasado un mes jugando a las casitas, haciendo el amor y actuando como una familia feliz y ahora estás enfadado con ella porque se ha enamorado de ti en el proceso.

–Sí.

–¿O es que estás enfadado contigo mismo porque también te has enamorado de ella?

Kal cerró los ojos y gruñó.

–Esta conversación se sobrelleva mejor en un bar. Necesito una copa.

Mano sonrió y se levantó.

–Genial. Yo también me tomaría una ahora mismo.

Una vez estuvieron acomodados en el bar con sus bebidas y un cuenco de frutos secos asiáticos, Mano esperó a que Kal le diera la respuesta que llevaba guardándose diez minutos.

–No estoy enamorado.

Mano suspiró.

–No hace mucho tiempo estábamos en la fiesta de cumpleaños de *tutū* Ani y tú me intentabas convencer de que fuera detrás de la mujer que quería y que había dejado salir de mi vida.

–Aquello era diferente. Tú sí estabas enamorado.

–¿Y tú puedes decirme sinceramente que no sientes nada por Lana?

–Siento lo mismo que he sentido siempre por ella. Es mi mejor amiga. Me encanta estar con ella y la echo de menos si no la veo a menudo. Se lo puedo contar

142

todo. Es genial hablar con ella y siempre me da buenos consejos.

—Si tuvieras esta situación con otra mujer y le pidieras consejo a Lana, ¿qué te diría?

—Me diría que le dijera que la quiero.

—Y teniendo en cuenta que dices que no ha cambiado nada, ¿es posible que estés confundido porque siempre hayas estado enamorado de ella?

Las palabras de su hermano lo dejaron paralizado. ¿Era posible que llevara todo ese tiempo enamorado? ¿Por eso nunca le había interesado tener una relación con nadie más? ¿Por eso prefería estar con ella antes que tener una cita con otra? ¿Por eso estaba aterrorizando a sus empleados desde que Lana se había ido? La respuesta hizo que se le erizara el vello de la nuca y que se le encogiera el pecho.

—¡Ay, Dios! Siempre he estado enamorado de ella.

—Sí —fue lo único que dijo Mano.

—Estoy enamorado de Lana —repitió en voz alta para que sus oídos se acostumbraran al sonido. Ahora entendía la verdad de sus sentimientos.

Durante todo ese tiempo había evitado acercarse demasiado a alguien por miedo a perderla, y ahora había alejado de su lado a la única persona a la que había amado. El resultado era el mismo: estaba solo y abatido. Sin embargo, aún tenía la oportunidad de hacer las cosas bien.

Tenía que decirle lo que sentía y esta vez no consentiría que se apartara de él. Seguía siendo su mujer legalmente y no permitiría que eso cambiara.

—Y ahora la cuestión es, ¿qué vas a hacer al respecto?

Capítulo Doce

Llegaba el turno de Lana. Las luces bajaron por un momento y los músicos comenzaron a cantar una antigua oración hawaiana mientras tocaban los tambores. Salió al escenario y se situó en su sitio antes de que los focos la iluminaran.

Llevaba representando ese número tres años, tres días a la semana; se lo sabía como la palma de la mano y, aun así, se sintió torpe cuando comenzó a moverse. Uno de sus profesores de danza le había dicho que bailaba con el corazón y con el alma, pero últimamente su corazón no estaba demasiado bien.

Se plantó una sonrisa en la cara y bailó. Si había actuado con la gripe y hasta con un tobillo roto, ahora también podría hacerlo.

Instintivamente miró el extremo más alejado del jardín, que era el punto desde donde Kal siempre veía el espectáculo. Esa noche no estaba allí, y tampoco lo había estado ninguna otra desde que se había ido de su casa. Suponía que ella tenía la culpa; le había dicho que necesitaba espacio y él se lo estaba dando. A pesar de todo, le dolía mirar hacia allí y ver un muro de piedra donde debería haber estado su alta silueta.

Mele le había dicho que Kal entraría en razón, pero Lana no estaba tan segura. ¿Por qué iba a cambiar de opinión precisamente por ella?

Cerró los ojos un instante en un intento de sacarse ese pensamiento negativo de la cabeza. Su hermana le había enseñado que tenía que empezar a valorarse y dejar de pensar que no era lo suficientemente buena. Era la hija de su madre y, cada vez que se dejaba invadir por esos pensamientos negativos, empañaba su memoria. Y eso no podía permitirlo.

Era mejor pensar que Kal era un tonto que no veía el diamante en bruto que tenía delante, pero tampoco estaba dispuesta a quedarse sentada esperando a que cambiase de opinión. Se iba a comprar ese apartamento que había visto, se marcharía del hotel y empezaría a construirse una vida que no girara en torno a Kal y su hotel. De hecho, había oído que uno de los mayores *luaus* de Lahaina buscaba coreógrafa. Le asustaba abandonar el lugar que consideraba su hogar, pero tal vez había llegado el momento.

Volvió a desviar la mirada hacia el rincón y en esa ocasión vio una silueta familiar. Kal estaba allí. Observándola.

Se le olvidó un paso y se obligó a concentrarse en la actuación, pero cuando volvió a mirar, Kal había desaparecido. Se le encogió el corazón de decepción. No podía soportarlo más. Tenía que marcharse de allí y alejarse de él para poder seguir adelante con su vida.

Cuando la actuación terminó y las luces se apagaron, bajó del escenario y se topó con Talia, una de sus bailarinas.

—Tenemos un problema, Lana.

—¿Qué pasa?

—Callie está vomitando. No va a poder participar en el nuevo número al final del espectáculo.

145

–De acuerdo. Ve a decirle a Ryan que voy a sustituir a Callie.

Talia asintió y se dirigió a la zona de los músicos mientras Lana volvía al camerino para ponerse el traje de Callie, un vestido blanco a juego con una corona de orquídeas blancas. Le recordaba demasiado a su vestido de novia y se sentía incómoda con él. Estaba deseando que terminaran el resto de actuaciones para poder hacer su representación y quitárselo.

Y entonces por fin llegó el último número de la noche y salió al escenario a hacer su trabajo. En esa ocasión, el montaje sería algo distinto: Ryan, el cantante, se situaría tras ella y cantaría el tema «Una noche encantada» del musical *South Pacific* mientras ella bailaba. Después, cuando el número concluyera y antes de que las luces se apagaran, terminaría el número en los brazos de Ryan.

Los músicos empezaron a tocar y Lana esperó a que le llegara el turno de comenzar a bailar. Miró al público intentando no buscar a Kal y entonces, cuando Ryan empezó a cantar, se quedó paralizada. No era la voz de Ryan. Era una voz agradable, pero carecía del tono de un cantante profesional como él.

Cuando por fin la coreografía le permitió girarse, miró a su compañero y vio que se trataba de Kal, ataviado con un traje de lino blanco.

Se quedó paralizada. Allí estaba, cantándole palabras de amor. No se podía creer lo que estaba viendo, pero debía terminar su actuación fuera como fuera. Después lo arrastraría hasta el camerino y hablaría muy seriamente con él por haberla puesto en esa situación, aunque antes tendría que afrontar la última parte del número, donde debía mirarlo con amor mientras él le cantaba.

Así, cuando Kal comenzó a cantar el último verso, ella se le acercó lentamente y lo miró a los ojos. Parecía como si él estuviera sintiendo realmente lo que decía sobre encontrar al amor verdadero y volar a su lado, pero tampoco quería hacerse demasiadas ilusiones. Eran las palabras de los autores de la canción, no de Kal.

Cuando finalmente la música se desvaneció y el público estalló en aplausos, Lana esperaba que la soltara, pero Kal no lo hizo.

—No quiero vivir mi vida soñando solo. Quiero vivirla contigo.

—No lo dices en serio, Kal —le susurró, porque él tenía un micrófono y todo lo que dijera lo oiría el público.

—Si no fuera en serio, ¿crees que estaría subido al escenario cantándote y poniéndome en ridículo? ¿Crees que habría convencido a tus bailarines para que fingieran que una de las chicas se ha puesto enferma?

Lana cerró los ojos e intentó asimilar lo que estaba pasando. Y parecía que el público estaba igual de impresionado, porque se había sumido en un silencio tan absoluto que lo único que ahora se oía allí era el sonido de las olas.

—He organizado todo esto porque quería decirte y decirle a todo el mundo cuánto te quiero, Lana.

—Pues me lo podrías haber dicho en privado.

—Los dos sabemos que no habría funcionado. Quería testigos y quería asegurarme de que no te escaparas y de que escucharas todo lo que tengo que decir.

Lana estaba tensa en sus brazos.

—No pienso dejar que te libres de mí. Esta última

semana sin ti ha sido un auténtico infierno. No quiero que las cosas sean como antes y no quiero vivir en esa casa solo. Quiero una familia. Una familia de verdad, como la que tiene mi hermano y la que tuvieron mis padres. Y la quiero contigo.

—No lo dices en serio. Solo estás confundiendo nuestra amistad con algo más.

—Eres mi amiga. Eres mi mejor amiga, pero además eres el amor de mi vida y no estoy confundido. Te quiero a mi lado como mi esposa para el resto de mi vida y no me voy a conformar con menos.

Las palabras de Kal le robaron el aliento, se veía incapaz de resistirse, pero reunió fuerzas para decir:

—Has perdido la cabeza. Suéltame.

Se apartó de sus brazos y salió del escenario.

En cuanto Lana se giró y lo vio en el escenario, supo que había cometido un error. Había creído que declararle su amor ante todo el mundo la convencería de que era cierto, pero se había equivocado.

Corrió tras ella abriéndose paso entre los bailarines y la siguió por el camino de arena que conducía a la playa.

—¡Lana! —gritó, y al oír su voz resonar por los altavoces, se arrancó el micrófono y siguió corriendo—. ¡Lana, espera!

Lana se detuvo al llegar a la orilla y se quedó allí, de espaldas a él.

—¿Lana?

Cuando se giró, estaba conteniendo las lágrimas.

—¿Cómo te atreves?

–¿Qué quieres decir?

–¿Cómo te atreves a ponerme en ridículo delante de toda esa gente?

–¡Me he puesto en ridículo a mí y no a ti al intentar demostrarte cuánto te quiero!

–Delante de mi grupo de baile, delante de los huéspedes…

–A los que les ha parecido un gesto romántico e increíble. Todos estaban emocionados por ayudarme y al público le ha encantado hasta que has salido corriendo y lo has estropeado todo.

–¿Qué te hace pensar que ponerme en evidencia era lo correcto? Aunque estuviera enamorada de ti, soy una persona discreta, Kal. Y una profesional. No me gusta que mi vida personal salpique mi trabajo de este modo.

Kal suspiró y cerró los ojos.

–Lo siento, Lana. Debería haberme dado cuenta –se acercó unos pasos–. Pero es que los vi cantar esa canción en el último *luau* y me pareció perfecta. El tipo sabe que tiene que actuar si no quiere perder a la mujer que ama, y eso es lo que he hecho yo, quería cantarte esas palabras para que supieras que es verdad.

–¿Has estado viendo el espectáculo? No te he visto.

Kal asintió, complacido de que Lana hubiera notado su ausencia.

–Pero me he estado sentando entre el público para que no me vieras.

Lana suspiró y sus hombros se relajaron un poco.

–Creía que habías dejado de venir a vernos bailar.

–Lo hice el primer día, pero luego me di cuenta de que no podía alejarme por mucho que tú quisieras que lo hiciera. Estoy enamorado de ti, Lana. Y tanto si te-

149

nemos público delante como si no, lo que te tengo que decir es lo mismo.

–No te creo. Lo que creo que es que te sientes solo y quieres mantenerme en tu vida. Por favor, no me digas que me quieres hasta que no lo sientas de verdad. Si cambiaras de idea, mi corazón no podría soportarlo, Kal.

–Esto no es un sentimiento nuevo, Lana; es una nueva revelación. Desde que te fuiste me he dado cuenta de que mis sentimientos no cambiaron por ti al casarnos, porque llevo enamorado de ti todo este tiempo.

Lana separó los labios con gesto de sorpresa. Al verla, Kal quiso tomarla en sus brazos y besarla, pero se contuvo, ya que su último gesto romántico había sido un fracaso.

–¿Qué quieres decir con «todo este tiempo»?

–Quiero decir que llevo tres años queriéndote. Durante todo este tiempo has sido la persona más importante de mi vida, mi mejor amiga y la persona con la que he querido compartir todo, pero era demasiado testarudo como para darme cuenta de que lo que había entre los dos era algo más que una amistad. No me interesaba tener ninguna relación con nadie, porque solo quería tenerla contigo.

–Pero no quieres casarte ni tener familia.

–Me asustaba casarme y tener familia porque me asustaba perder a alguien que quiero. Luego me di cuenta de que ya te había perdido de todos modos. No puedo recuperar a mis padres, pero sí que podría hacer algo contigo. Podía decirte lo que siento y rezar por que me creyeras.

–Me quieres de verdad –dijo Lana con un matiz de incredulidad.

–Sí. Y quiero seguir casado contigo. He llamado a Dexter y le he dicho que posponga los trámites de divorcio.

Lana lo miró atónita y alargó la mano para apartarle el pelo de la cara delicadamente.

–¿Te has dado un golpe en la cabeza o algo?

Kal le agarró la mano y se la llevó al pecho.

–Claro que no. Lo que te estoy diciendo no es fruto de una conmoción cerebral, solo estoy siendo sincero conmigo mismo y contigo por primera vez. Ahora quiero que tú seas sincera conmigo.

–¿Sobre qué?

–He dejado muy claros mis sentimientos. ¿Pero y tú? ¿Me quieres?

Nerviosa, se mordió el labio inferior antes de asentir.

–Sí.

Kal esbozó una amplia sonrisa y la llevó hacia sí.

–¿Y quieres casarte conmigo?

–Ya estamos casados, Kal.

Kal se metió la mano en el bolsillo y sacó el anillo que ella se había dejado en casa.

–Entonces, supongo que será mejor que te pongas tu anillo de boda.

Con la respiración entrecortada, Lana extendió los dedos para que Kal le pusiera la alianza.

–Eso no es todo –dijo al meterse la mano en el bolsillo otra vez y sacar una caja. La abrió y esperó a su reacción.

–¡Kal! Te dije que no necesitaba un anillo de diamantes.

Él lo sacó de la caja y se lo puso junto a la alianza. Era un diseño hawaiano único de un artesano local, con un diamante ovalado sobre un aro de flores de Plumería en platino. Estaba diseñado para encajar a la perfección con la alianza.

—No lo necesitabas cuando nos íbamos a casar para convencer al juez, pero ahora que vas a ser mi esposa de verdad, y que lo vas a ser para siempre, sí que necesitas el diamante para demostrarlo.

Lana le puso la mano en el pecho y lo miró.

—No tenemos que demostrarle nuestro amor a nadie más. Es solo para nosotros.

—Bueno, hay ciertas personas a las que les gustaría saber que estamos enamorados y felices y que seguimos casados.

—¿A quién?

Kal la agarró de la mano y la llevó hacia el escenario. Según se acercaban, el soplido de una caracola resonó en la noche.

Todo el público seguía sentado, esperando ansioso su regreso. Los bailarines estaban sentados entre el público y junto a ellos, en primera fila, Mano y Paige y Mele, Akela y el padre de Lana.

Al verlos, Lana le tiró del brazo y lo detuvo.

—¿Qué está pasando? —preguntó justo antes de ver en el centro del escenario al *kahuna pule* que los había casado. Abrió los ojos de par en par.

—Vamos a renovar nuestros votos —le explicó él.

—¿Aquí? ¿Ahora mismo?

—¿Por qué no? Prácticamente llevas un vestido de novia, nuestra familia está aquí, el sacerdote está aquí y tenemos trescientos invitados que esperan ansiosos que nos besemos para poder irse a tomar nuestra tarta de bodas —dijo Kal señalando a un extremo del jardín donde había una mesa con una preciosa tarta de cinco pisos cubierta de orquídeas moradas y blancas–. La primera vez que nos casamos no tuvimos nada de esto, y ahora que vamos a seguir casados, quería hacer algo para conmemorarlo.

Lana miró a su alrededor.

–No me puedo creer que hayas hecho esto. ¿Cómo…? ¿Cuándo…?

Kal sacudió la cabeza. Esa historia se la guardaría para otro momento. Ahora mismo tenían una boda a la que asistir.

–¿Entonces qué le parece que nos volvamos a casar, señora Bishop?

Antes de poder responder, el público comenzó a vitorear y a aplaudir. Ella, sonrojada, lo miró y asintió, despertando más aplausos y ovaciones.

Kal le agarró la mano y la llevó hasta la mesa donde los esperaba el *kahuna pule*, que abrió su libro de oraciones y comenzó a recitar las mismas palabras que les había leído un mes antes.

–La palabra hawaiana para designar el amor es «aloha». Hoy nos hemos reunido para celebrar el especial *aloha* que existe entre tú, Kalani, y tú, Lanakila, ahora que vais a renovar vuestros votos. Cuando dos personas prometen compartir la aventura de la vida, es un momento precioso que recordarán siempre.

Repitieron los votos y en esta ocasión, cuando se besaron, ya no hubo dudas ni vacilaciones. Él agarró a Lana por la cintura y la echó hacia atrás arrancando aplausos entre el público. Después, abrazaron a sus familiares y cortaron la tarta para servirla a los huéspedes del hotel.

Ya era tarde cuando Kal aparcó el Jaguar en la puerta de casa y sorprendió de nuevo a Lana tomándola en brazos y cruzando con ella el umbral de la puerta.

–No me puedo creer que esto haya pasado –le dijo ella–. Eres increíble. Has hecho todo esto por mí.

–Claro que sí. Te he dicho que te quiero y quería que tuvieras todo lo que puedas desear. ¿Qué has pensado al darte la vuelta y verme en el escenario?

Lana enarcó una ceja.

–¿De verdad lo quieres saber?

–Claro que sí.

–He pensado que cantas fatal.

–¡Me has mentido! –le dijo en broma mientras la llevaba por el pasillo hacia el dormitorio–. Y esta noche me las vas a pagar –añadió con una pícara sonrisa.

Lana sonrió y lo besó con toda la pasión que pudo reunir.

–Eso espero.

Epílogo

Lana tenía que admitir que le provocaba un poco de envidia la nueva casa de Mano y Paige, asentada sobre un acantilado con vistas al mar en la zona este de Oahu.

Era el marco perfecto para su boda. Paige estaba preciosa con su vestido color crema de encaje y el pelo recogido con flores de hibisco en un moño. Su barriga de embarazada era evidente y los familiares de Mano no hacían más que tocarla para que les diera buena suerte.

Mano estaba radiante con el tradicional traje blanco y Hōkū iba a juego con un lazo blanco, ya que era oficialmente el portador de los anillos.

Todo estaba saliendo a la perfección y Lana se alegraba por ello.

–¿Lana?

Cuando se giró, vio a Ani, la abuela de Kal, acercándose a ella.

–*Aloha, tūtū* Ani.

La mujer le sonrió y le dio la mano.

–Anoche tuve un sueño que te tengo que contar.

–Vamos a sentarnos a una mesa para que me lo puedas contar todo.

–¡Kalani! –gritó Ani indicándole a Kal que se acercara–. Tú también deberías oír esto. Es importante.

Kal se acercó y se sentó con ellas.

–¿Qué pasa, *tūtū*?

—Anoche tuve un sueño importante.

—¿Sobre qué? —preguntó él.

Ani puso la mano sobre el vientre de Lana y respondió:

—Sobre vuestro hijo.

Lana se quedó asombrada y miró a Kal.

—¿Pero si no estoy embarazada?

Ani se rio y sacudió la cabeza.

—Puede que no te hayas dado cuenta aún, pero lo estás. Vuestro hijo será alto y fuerte, como un dios hawaiano forjado de los grandes fuegos del monte Kilauea. Keahilani será el sucesor de la familia cuando ni vosotros ni yo estemos.

Kal parecía tan asombrado como Lana.

—¿Estás segura, *tūtū*?

—Claro que estoy segura. Tuve los mismos sueños sobre Mano y sobre ti cuando vuestra madre se quedó embarazada. Así elegimos vuestros nombres. Nuestros ancestros me hablaron en sueños y me mostraron quiénes seríais. Tú estabas destinado a ser jefe y tu hermano emergió del mar y nadó con los tiburones en mi sueño. Vuestro hijo será Keahilani, del fuego del cielo.

Tras terminar de hablar, la mujer se levantó y le dio un beso en la mejilla a Lana.

—*Ho'omaika'i 'ana* a los dos.

Lana y Kal, aun boquiabiertos, la vieron alejarse. Después bajaron la mirada al vientre de Lana.

—¿Tendrá razón? —preguntó ella.

Cuando Kal sonrió y la besó, un cosquilleo la recorrió y deseó estar en la cama con él en lugar de allí.

—Siempre la tiene. Keahi está en camino y nuestra preciosa familia ya se ha empezado a formar.

Bianca

**La llama de la pasión que en el pasado
les había consumido se reavivó**

Xanthe Carmichael acababa
de descubrir dos cosas: La
primera, que su exmarido podía apropiarse de la mitad de
su negocio. La segunda, que
seguía casada con él.

Al ir a Nueva York a entre-
gar los papeles de divorcio
en mano, Xanthe estaba
preparada para presentarse
sin avisar en la lujosa oficina
de Dane Redmond, el chico
malo convertido en multimi-
llonario, pero no para volver-
se a sentir presa de un irrepri-
mible deseo. ¿Cómo podía
su cuerpo olvidar el dolor que
Dane le había causado?

Pero Dane no firmaba… ¿Por
qué? ¿Se debía a que estaba
decidido a examinar la letra
pequeña de los papeles o a
que quería llevarla de nuevo
a la cama de matrimonio?

SIN OLVIDO

HEIDI RICE

Acepte 2 de nuestras mejores novelas de amor GRATIS

¡Y reciba un regalo sorpresa!

Oferta especial de tiempo limitado

Rellene el cupón y envíelo a
Harlequin Reader Service®
3010 Walden Ave.
P.O. Box 1867
Buffalo, N.Y. 14240-1867

¡Sí! Por favor, envíenme 2 novelas de amor de Harlequin (1 Bianca® y 1 Deseo®) gratis, más el regalo sorpresa. Luego remítanme 4 novelas nuevas todos los meses, las cuales recibiré mucho antes de que aparezcan en librerías, y factúrenme al bajo precio de $3,24 cada una, más $0,25 por envío e impuesto de ventas, si corresponde*. Este es el precio total, y es un ahorro de casi el 20% sobre el precio de portada. !Una oferta excelente! Entiendo que el hecho de aceptar estos libros y el regalo no me obliga en forma alguna a la compra de libros adicionales. Y también que puedo devolver cualquier envío y cancelar en cualquier momento. Aún si decido no comprar ningún otro libro de Harlequin, los 2 libros gratis y el regalo sorpresa son míos para siempre.

416 LBN DU7N

Nombre y apellido	(Por favor, letra de molde)
Dirección	Apartamento No.
Ciudad	Estado	Zona postal

Esta oferta se limita a un pedido por hogar y no está disponible para los subscriptores actuales de Deseo® y Bianca®.
*Los términos y precios quedan sujetos a cambios sin aviso previo.
Impuestos de ventas aplican en N.Y.

SPN-03   ©2003 Harlequin Enterprises Limited